J.M.G. Le Clézio
[法] 让-马·居·勒克莱齐奥 著
蓝汉杰 蔡孟贞 译

偶遇

Hasard

上海译文出版社

目　录

献给派特、埃米、安娜

纪念理查德（休斯）、约翰（弗兰德斯）和塞诺维亚

偶遇

Hasard

阿扎尔*

“阿扎尔”回来了。

娜希玛清清楚楚记得第一次见到“阿扎尔”的情景。那是七月四日的前几天。美军基地虽已关闭多年，但在维勒弗朗什却满是身穿白色水手服的海军。那天的阳光极好，天格外冷，天空清朗，被风抚平的海水蓝得深沉。那是早晨，娜迪亚拉着娜希玛往下直走到海防巡道尽头，望着海洋，紧紧地抓着娜希玛的手，紧得弄疼了她。

她看着“阿扎尔”到来，甚至在它驶越地平线之前就能见到了，那突出水面的巨大三角帆，被太阳照耀得一如白花花的火炬。

然后船朝坚实的土地而上，一面面展开它那巨大的帆，让人以为那是来自另一个世界的壮丽的白天鹅，笔直地向港口前进。娜迪亚无法动弹地站着，一直紧抓着娜希玛的手，紧得弄疼了她。终于，她们一口气奔向港口。

帆船在港湾中央抛锚，垂下帆叶。看得见在甲板上挥手的人影和一些正收拾帆布的人，听得到荡漾在沉寂港坞中的潮水声，以及收卷锚链的飕飕声。

娜希玛忘不了那一个早晨，那是一个奇观。她相信那是不会中止的，是会持续好几个月、好几年，永永远远。她在那儿，直挺挺地伫立在迎宾码头上，脑袋空白，屏气凝神，她的手被娜迪亚握疼。大船正收卷它周围的缆绳，舒缓地，顺着水流地。微波荡漾的海水，被风撩起了粼粼波光。船桅是那么的高耸，使周遭的一切都看来卑微、无关紧要。

娜希玛目不转睛地看着，像是担心会出什么差错，担心小艇会从大船脱落，担心大船会再度扬帆离去，驶向海平线，永不复返。她心跳加速，脸庞灼热，因为冷风，因为太阳，也因为迫不及待。很久之后，每当她回想起来，仍会感到那灼热、那悸动。穿过指尖的电流，迫不及待。那只变得陌生的手，是那么用力地紧抓着她，带着激情，带着恨。那是个意象，一个确切的意象：在“阿扎尔”到来之前，娜希玛是个孩子；之后，她知道自己该走了，和凯加斯一样，永不回头。她要远离熟悉的一切，成为另一个人。

---

* Azzar，与本书法语书名 *Hasard*（《偶遇》）谐音。

娜希玛

娜迪亚是从前在医院当护士时遇到凯加斯的。整个家族的人之前都对她说过，不要嫁给安的列斯人，更何况那人又是个医生。某一天，凯加斯厌倦了一切，走了，娜迪亚一声不吭地撑了下来。她不再去探望姐妹和父母。她那时认为真正的家人是在马提尼克岛。所有的一切都是荒唐。

当时，她必须重回护士岗位。每天早晨，她带着小手提箱离家，天黑才回来，筋疲力尽，沉默寡言。当时，还有个呵护娜希玛的男孩谢里夫，十八岁，而那时的娜希玛不过十二三岁，他就已经确定，等她到了懂事的年纪，就要娶她。他长得瘦高，有点驼，是个可靠的人，剪了一头短发，黑皮肤，这让人不难相信他们是兄妹。

庞讷德皮——有蓝色护窗板的白屋、花园、狗、红鱼和小灰兔，一切全都没了。凯加斯留下了债务。必须尽快卖掉一切，拿了钱就搭上火车，去向陆地的另一头，去向另一片汪洋。一切，家具、唱片、书，甚至连盆栽都卖了。至于那条老得快瞎掉的狗，娜迪亚给了它一针。这种种，不难预料，却又出乎意料。回忆是死去的皮，回忆让人窒息。

这个曾和她生活过的男人，娜希玛的父亲，再也不存在了。他登上环游世界的大帆船，到某个可能需要医生的地方去了。而娜迪亚，当她了解什么都没了，当她明白债主的索求无度后，也决定一走了之。庞讷德皮应该被抹去。

有一天，当娜希玛从学校回到家时，一切就已结束了。娜迪亚送走了兔子和兔笼，把金鱼倒进她曾代班过的退休之家的喷水池。她把气泡送进那条狗的动脉，用的是针筒，那是她的专业。房子空得像库房，四壁回荡着的脚步声使娜希玛害怕。她以为听见的是幽灵的走动。屋里连窗帘也没了。

娜迪亚在房里的地上放了两张床垫，一张给她，一张给娜希玛。断电后，就用杯里的蜡烛。夜里入睡前，为了驱走在屋里徘徊不去的冬寒，她点燃客厅的壁炉，报纸、竹篮……能烧的都烧。娜希玛感觉像是在过一种探险生活，她也把自己的东西全丢去烧，娃娃，图画书，甚至连她的集邮册也烧，那是凯加斯旅行带回来给她的邮票，南非、印度、特立尼达和多巴哥岛。

某个早晨，她们像小偷似的离家，搭上客车、火车，一天又一天，一天又一天，她们来到这里——维勒弗朗什，因为她们无法走得更远了。娜迪亚带着的东西只够她们撑过三个月。她在美军医院的外科诊所找了个护士职位。娜希玛成了另一个人，她几乎忘记了过去。

娜希玛花了许多年等待，但并不清楚等的是什么，她有的只是体内那个窟窿，一种空洞。小学。中学。无所事事。在堡垒的巡道上闲荡。去看海。娜迪亚每天早出晚归，回来时便咕哝着：“要是当初早有人告诉我，等我到了四十岁，一切又得从头开始，那就好了！”她话不多，除非是命令和抱怨时才说话。她的脸变得坚韧、硬冷，她阅读或缝补时架在鼻梁上的那副眼镜（社会保险理赔的棕色塑料框），使她的表情更叫人看不透。她以前有过一头浓密、灰白的鬈发，娜希玛总喜欢把脸埋进她的头发，裹着，嗅闻着，为了取乐，为了解忧。她们抵达此地不久之后，娜迪亚就大把大把地剪去了头发。娜希玛从学校回家时，发现她坐在厨房的凳子上，头顶几乎被剪秃。母亲一下子萎缩了，看来瘦小而疲倦，苍白的脸使她的蓝眼睛显得更为浅淡、透明。娜希玛不知该笑还是该哭，但娜迪亚的眼神清楚地警告她：做都做了，不要废话。

这是她宣战的姿态。娜迪亚去除一切快乐的可能。她剪去了那一头优雅的长波浪，也随之把过去一笔勾销，她废去了娜希玛在庞讷德皮的童年，废去了电影院、一桌的菜、大盘的椰子饭和凯加斯喜爱的热带沙拉。她甚至不准娜希玛提这名字，只准她单说个K字。

父亲的名字。娜希玛想到这个去历险的男人，她看见他高大的个子，看见他清澈的眼睛在沉郁的脸上发亮，亮得像狗的眼睛，甚至在黑暗中也能看见的眼睛。“那希”是父亲的姓，意思是随风而去。他轻得不能和她们生活在一起，他就像鸟一样地被风带走了。

这座古城盘踞在临海的背阳坡，曾是向世界宣战的梦想之地。一座幽暗的矿城，没有花园没有鸟，就只有繁殖力像跳蚤的鸽子，有时还有海鸥盘旋在垃圾堆上鸣叫，湿湿的小路上，下午四点天就已暗。山路底，是港坞和幽暗的酒吧，酒吧里挤满糖浆似的女孩和耗在点唱机前的美国人。

此地，唯一美丽的是海，但不是K有几次带她到杜盖海滩去看的那种滚镶浪花的碧海蓝天，也不像勒阿弗尔那种有一摊摊污水的工业港，而是像一潭晶莹发亮的黑色湖水，时而冷漠不可亲近，时而令人动容。

娜迪亚·里夏不再到海边去，尤其到了夏天，绝不靠近海滩一步。娜迪亚讨厌海，那是娜希玛后来才明白的，也许是因为K爱的是海，而不是她。娜迪亚休假时足不出户，拉上窗帘，坐在床上，补衣服或记账，鼻梁上挂着那众所周知的眼镜。冬天时，她把自己裹在格子花棉被里，失神地盯着比塔-特米克斯牌电炉的淡红色电盘，看着那像毒毛窜动的波状火光。公寓的墙渗漏，水绵绵地沿着窗户滑下。娜迪亚无视她买给娜希玛的旧电视，目光没离开过电炉："没错，这就是我的电视。"

偶尔，她会拿起女儿从流动图书车借回的书来读，一本小说，然后很快就把书扔在一旁，并附注："我看不出这故事有什么重点。"对她而言，世界不过是蠢话和谎言。她只相信一件事，那就是肉体的痛苦。

娜希玛和谢里夫交往。有一天，他拉起她的手，要和她一同走在街上，她想抽回手，但因为他牵她牵得那么紧，她想，对他来说，这是重要的事，也就任由他牵着手了。这是个游戏，他牵得那么理所当然。娜希玛有点难为情，但是从那一天起，她习惯走路时把手交给他，不过得等走到比那条五月路更远一点的地方。她不愿让邻居女人对她妈妈说闲话。

谢里夫拥有娜希玛所没有的家。他有名符其实的爸爸、妈妈，还有像电影中的那种祖母，以散沫花染发，端坐在宽大的沙发里，像女皇般指挥着妇幼军团。她名叫法蒂玛。她第一眼就喜欢上了娜希玛，纵然娜希玛并非伊斯兰教徒。她用阿拉伯语给她起了些昵称，像是“ya kbidtim，我的小心肝”，或是“benti laaziza，我的小千金”，也会叫她“sarsara，蟋蟀”，因为她是如此黑瘦，如此娇小。有人用一个大的铜托盘为她端来茶和突尼斯的甜点，而小孩们和女人们就靠着垫子席地而坐，偏着头看电视，浪漫文艺片使娜希玛看得出神；或者，法蒂玛把一卷带子放进收录音机，娜希玛就听着埃及的、叙利亚的、突尼斯的乐曲，女人卖力演唱，小提琴哀鸣呼应，而谢里夫的两个小妹则在单面鼓的旋律中表演。声响、气味，悬在这小公寓里翻滚，娜希玛也跟着晕头转向。她忘记了一切，她笑着，好心地鼓掌。谢里夫的妈妈用阿拉伯语和娜希玛说话，谢里夫翻译。娜希玛还学了些短句，如：La，choukar allah wajib①，或是小孩理发回来后说的 saha②。她甚至还从小弟们那里学来一些粗话，这可使谢里夫大发脾气。

谢里夫的父亲在沙雷米托造船厂工作，这也是为什么谢里夫会在那里当学徒。他的母亲替金角湾的有钱人帮佣，从他们的别墅可以眺望海洋，还有空中花园和游泳池。他的姐姐订婚了，在婚期到来之前，她在摩纳哥的牛仔裤加工厂做事。最讨娜希玛喜欢的是谢

---

① 阿拉伯语，别客气。

② 阿拉伯语，语气词，相当于“耶”。

里夫最小的弟弟穆拉德，八岁，有一撮头发卷成环状，眼睛和玛瑙一样又黑又亮。娜希玛替他取了小名：迈克力，逗得他开心地笑了，因为他只认得迈克尔·杰克逊，在电视前模仿他跳舞可是有模有样。他们一起出游，娜希玛把左手交给小弟，右手交给谢里夫，他们组成一支古怪的队伍。有一天，在海防巡道上，几个戴棒球帽、拿粗链子的混混攻击他们，但是高壮的谢里夫拿起一块大石头回敬那几个混混："谁敢第一个向前，我就砸碎他的脑袋。"趁这个时候，娜希玛带着穆拉德全速冲向港湾，心脏都跳到了嘴边。事后，穆拉德慎重地将他的一把锯齿刀献给娜希玛，并示范怎么用这把刀。从那天起，娜希玛有了不同的感觉。她感到心中好像有两个人，而且总有一天得做个选择。那是她从未想过的，她为此痛苦。她也想到了凯加斯，想到他离开的方式，想到他将娜迪亚和她孤单地留在世上。她开始认真地恨起他来。他，仿佛用离开来敲开她内心某种东西，也许，那被敲开的是生与死的界限。那把刀，她第一次使用时，是对着自己。夜里，她躺在她的床上，用刀尖抵住自己的胸膛，压在双乳之间，为了感觉传递到刀上的阵阵心跳。每晚，她都增加一些力道，直到皮肤凝出一粒乌黑的血珍珠。

“阿扎尔”，独自停泊在锚地中央，仿佛是来找回某件东西或某个人。

娜希玛每天早上一醒来就跑到港口，脸红心跳得像是去与情人约会。大船一直都在那里，看起来却不像同一艘船。有时船转过身，准备起航；有时，船侧面向她，让人能清楚看见它那每一条缆绳、每一个在甲板上的人影，还有辅助帆的篷边下的每一根帆索和每一根支索。某些清晨，主帆升起，在主桅上并不完全展开，向外形成一道曲线，娜希玛能够清楚辨识那些非常细长的木纹，像极了一片大叶的叶脉。娜希玛养成了去探望它的习惯，它不再使娜希玛害怕，反而成了亲切友好的景象。一只巨大的兽独自栖息在属于它的平原，无声地向娜希玛发出邀请。就是在那一刻，娜希玛第一次有了想靠近它的念头，想驾着小艇划向它那饱满的船身，想碰触它，想处在它的身影之中。可是不管娜希玛怎么说，谢里夫全听不进去：“你疯啦？老板会杀了我。”暮色沉沉，沙雷米托的橡皮艇在港湾浑浊的水面上左摇右晃，轻轻地向前划去，划向轮船船首，恍若滑入梦境。

某个早晨，桅杆间的白色大帆如帐篷般伸展开来，娜希玛想象船长正躺在吊床上，望着地平线上的白云，做着白日梦。她侧耳倾听，一种尖锐、轻盈的声响从海面上传来。谢里夫什么也没听见。“有啊，你听，咦噫……”他摇了摇头。“我确定那是有人在甲板上拉小提琴，你想，会是默格吗?”默格，胡安·默格，世上最富有的人之一，在吊床上拉小提琴的胡安·默格。人人都在谈论胡安·默格，他拍的电影，他挥霍的钱，以及，他古怪的作风。听到音乐使娜希玛感到愉悦，这个发现似乎就是能将她带向“阿扎尔”的正当理由。

谢里夫并没有体会到娜希玛的预感。当娜希玛坐在海防巡道上，目不转睛地盯着“阿扎尔”时，谢里夫稍微等了她一下，然后便嘀咕着离开：“真是懒得理你的电影明星，理他那艘电影船!”

娜希玛觉得他的妒忌来得莫名其妙：“搞清楚，他不是明星，他是拍电影的，懂吗?”谢里夫耸耸肩，他恐怕从没想过有人去拍电影这种事。然而，若他真的在妒忌，那可能意味着默格是真的能吸引她，而她，就不再会是被关在五月路小公寓里的那个坦率、明朗的小女孩了。

默格偶尔会不期然地到岸上来。脱离大船的小艇，不疾不徐穿过海面来到迎宾码头，后头站着的是马达加斯加的水手，他一脚跨在油门操纵杆上，而前头是默格，端坐在甲板上，戴着一顶渔夫帽，模样滑稽。但是，即使他们前进得缓慢，娜希玛还是无法比他们更早跑到港口。默格是为商务而上岸，一辆来接他的出租车载走了他，在往摩纳哥的公路上全速奔驰。娜希玛不明白为何能从奔驰幽暗的玻璃窗瞥见默格对她是那么的重要，也许不过是好奇。也许，她隐约在期待什么，期待他看见她，和她说话，期待她能身处甲板上，那么，她的一生就会因此改变。她是被囚禁的人，而他，是个随心所欲的自由人，随时可以说来就来、说走就走，像毫不迟疑的海盗，像奋不顾身的猛禽，往他那艘船俯冲而去。

那个星期天——十二月一日，娜希玛不期然和他擦肩而过。她之前没留意到那艘小艇，也可能是默格没在船上过夜，没有赶来接他的车。只有一辆灰色轿车在港埠一角的咖啡店等着，露天座有一两个渔夫坐在遮阳伞的阴影下。某一刻，一小群人走在堤防上，当他们走到船坞时，娜希玛认出这群人中间的默格。他没戴渔夫帽，穿了一身浅色的衣服，皮鞋擦得油亮。他就在这群人中间，当他经过娜希玛面前，他看着她，完全没听身旁的人说话，要不就是听得心不在焉，他微眯起眼睛，带着好玩的表情，浅浅笑着，似乎在低声说："我看见你了！"

娜希玛是那么的惊讶，以至于时间只够她微微一笑，她感觉到自己面红耳赤，胡安·默格的眼神是一种紧绷的弦，颤动直抵内心深处。一秒钟之后，灰色轿车的门开了，娜希玛瞥见他的女人，高挑，漂亮，一头红发，肤色乳白。胡安·默格上了后座，关上深色的玻璃门，而那些坐在一边的人，愚蠢地鼓起掌来，好像在他们面前进行的是电影场景。这是多么怪诞荒谬，娜希玛觉得丢脸，她可以料到谢里夫会怎么说。

娜希玛恼羞成怒，对她自己，也对默格。发生在娜迪亚身上的：孤独，一无所有，被迫远离家园窝在五月路这栋潮湿阴暗的公寓里，而这全不干他的事。他就像K，不闻不问，娜希玛因此讨厌他。无可改变，她只好继续被囚禁，透明，就只是个 sarsara，一只窝在壁炉一角的小黑虫。她必须离开，抛开一切。

那晚有烟火，“阿扎尔”张灯结彩，像个生日蛋糕，有点夸张，有些可笑，真是一艘电影船呐，娜希玛这么想。于是她做了决定，并且不让任何人参与这个秘密。她在本子的某一页上留了话给娜迪亚，对她说自己不知何时会回来。她一路走到港湾，松开小船的缆绳，悄悄地滑向锚地中央。天冷，月光皎洁。她哆嗦着，有种巨大的不真实感。她只带了一个背包和一条从床上抓来的被单。小船轻轻磨蹭大船的身体，她找到了水上的舷门。她一脚踢开小船，登上甲板，慢慢地，以免发出声响。她匍匐爬行到船头，然后缩着身体靠在帆箱旁。她待在那里，张着眼睛，望着夜色，等着大船扬帆出航。

默格

五十五岁的胡安·默格算是风云已尽。在此之前，他活得无忧无虑，周旋在金钱、挥霍和女人之间。他总是被报章杂志抨击，但那是令人喜悦的纠缠，甚至可以算是对他公然的崇拜，对他的财富大有贡献。

为庆祝五十大寿，默格做了一件疯狂的事，他在芬兰图尔库的造船厂，依着他的草图建造了一艘主高八十法尺的桃木帆船，瘦长得像信天翁的翅膀，就这样，他实现了儿时的梦想。他将之命名为“阿扎尔”，以纪念那装饰在骰子幸运面的小橘花，那是他曾经用来衡量财富的，当时的他还是巴塞罗那兰布拉大道上的少年。他注意建造过程中每一个最微小的细节，精选内壁的材料、装饰和每一个组件，要把“阿扎尔”同时打造成最理想的住所以及他的制片公司。

他特别挂心前舱——他夸张地称之为船主的舱室——为之设计了一张宏伟壮观的锥形大床，占去船头最尖端的位置。这是一张梦想在睡眠之外铺展的床，在黑缎的床单上，在某类极品的木板上，为爱逍遥，或者就只是靠着艄柱，身在岛屿与陆地之间的某处在金波荡漾中遗忘世事。紧临卧房，他布置了一间灰木的浴室，能从巨大无比的土耳其浴缸那儿辨识出幽暗的地平线。最后，因为不愿依赖任何人，所以他尽力设法找出简化掌舵操作的方法。他将绞盘、缆绳串接在一面电子板上，就能独自从驾驶舱里遥控。主帆和后桅帆在帆桁上盘起，艄帆则定在支索上。

那是他一直想要的。自由自在。将他所有属于陆地的不动产了结：纽约、巴塞罗那的公寓、家具、汽车，以及二十五年拍片所累积的各种玩意，比如布景、奖品、书信、剪报、礼物、相片和纪念品。他只留下需要的，在接下来的工作中派得上用场的，一些能进到船上小宇宙的东西。

该是如此的孤僻引导了他的选择。在与萨拉离婚后，在经历那样的单身、无事一身轻后，胡安·默格终于明白自己是彻底孤独了。曾经围绕在他身旁的不过是奴隶和寄生虫。那辉煌的几年，在拍摄《半月王朝》期间，在伯利兹海防线的珊瑚礁上，一波自行退却的浪，把位置留给了沉寂。他一直等待的正是那样的寂静。默格回到马略卡岛的帕尔马湾过冬，在那里他有时会躲在他那漂流的城堡里，窝在幽暗的木制驾驶舱里，铜制仪器在其中发出光亮，就这样待上一整天，只是看着雨滴落在港埠的样子。或者他会独自进城，坐在帕西欧露天咖啡座，装出研读电影剧本的样子，他收到的总是同样愚蠢的故事，既蠢又无聊，令人发腻的滥情。在“阿扎尔”的甲板上，他对临时秘书口述要写的信，或是接见来拜会的人，都是些想找投资、找钱、找个配角演的人。他偶尔会封闭自己，倔强、报复性地不发一言，某种精神衰弱一点一点地在他身上蔓延，像吸了毒。

他无人可倾诉，唯一能长久保持关系的人是他的驾驶，名叫安德里亚姆纳，原籍马达加斯加，瘦长得像发育中的少年，尽管皮肤非常黑，但光滑的脸上具有亚洲人的特质，让人难以判断年纪。在“阿扎尔”船上，他绝对保持沉默、守口如瓶，而且行动敏捷、入睡也快。他的语言怪异，混合着法语、英语和克里奥尔语①；其实，他也难得开口说话。正因为他的沉默，默格才能忍受他那么久。况且，安德里亚姆纳是个罕见的杰出水手，他凭直觉驾船，既不必查航图，也不必看仪器，只需嗅嗅空气、看看云就能判断隔天的气象；操纵无误，从不触礁；动如脱兔，静如处子。默格是在马略卡的帕尔马遇到他的，那是在横越大西洋的前一年。安德里亚姆纳在一番莫名的口角后，被解职下船，没护照，没行李，身边只有一条长裤和一件非洲衫，待在旅客候船室里。要不是“阿扎尔”到那里，他可能最后会被关进牢房，等着官方找个国家将他驱逐。他一上船就立刻找到自己的位置，准确得像猫似的。默格会雇用他，当然是因为喜欢这种不要求、不多问、自动自发的举止。安德里亚姆纳先是担任小水手，不久即几乎一人全包船上所有工作。当默格计划长一点的航程时，安德里亚姆纳会多雇用两个船员、一个厨师、一个女佣。而到了几个月的冬季停航期，或在马略卡的帕尔马长期停靠时，他便遣散这些人，独自做事。他上市场买菜，做出的菜辛辣却又叫人食之无味，还有大锅大锅撒满藏红花的虾米饭，一

① créole，法语、西班牙语、葡萄牙语和克里奥尔本地语的一种混合语言。

桶桶墨绿的腌辣菜。这使默格想起自己的童年，那种粗糙又顽强的贫苦，竟也成了一种享受。这和他那奢华、浮夸的漂流城堡多么相称啊！

他也有离开的时候，没事先商量就要走人。他只简单地说："船长，我明天走。"去哪？也许是去找女人，默格这么猜想。起初默格会试着留住他，却是白费工夫。他不给任何会再回来的承诺，这也是默格赏识他的一点。他是不可捉摸的。他是一个真正活在海上的人。

这几年，默格不必提防他人，无须顾虑道德，不必战战兢兢，日子就那样过下来了。既然没有国土，也就没有律法。他想过，他的国土是以"阿扎尔"的船体为界，对他来说，周长有限的船体既熟悉又敏感，一如自己的身体。船首那三角形的房间、黑色的床、浴室，还有宽敞的平台，他在那儿安排会面、公务及享乐活动，在那儿宴客、纵欲，那里还上演他的制片阿尔邦为他搞出的"四目相视的小芭蕾"，为此带来的女孩一个比一个年轻。

但是他真正的祖国，曾经是海洋。每当他有足够的钱来遗忘世界、来设定目的地并离开，他便投身航行于公海的冒险。当他在"阿扎尔"的舵前，他感觉到巨大的船身在波涛间滑行，前进，震动着船肋，他也感觉到风在侧支索间的特殊颤动，而正是这样的力道，把主帆和艏帆鼓胀开来；每一次，他都能感到一如首航时的陶醉。就在"阿扎尔"于一九六六年六月初的那几天驶离芬兰的海岸，越过奥兰群岛后，便直奔向斯德哥尔摩。如今，那一刻的景象恍如昨日，依然可见：在阳光下闪耀的海面，一个个湛蓝得如梦似幻的小港湾，白沙缭边的海滩，还有在水波涡漩上聒噪、盘旋的海鸟。有那么一阵子，是一群欢欣鼓舞的灰海豚伴随着他们，替他们在船首开路。有谁参加了那一次首航？想必有斯特凡、米莱娜·克拉默、阿尔邦。有安杰莉卡吗？或许她是后来在斯德哥尔摩和他会合的。她一上船就晕，即使海面平静得像明镜，她还是晕。而萨拉，她一开始就拒绝加入。她说，算命的可是预言了她将来会溺水而死。她带着萨里塔到他伦敦的公寓定居。是“阿扎尔”的诞生，导致了她要求离婚。

回到海的故乡，实在美妙绝伦，那是感官的愉悦，是一偿夙愿的畅快。他航向希腊、西西里，经过了一个又一个岛，沉浸在传奇的光晕里。当他接近蔚蓝海岸时，他收到航空母舰“大业号”发来的公文电报，邀他到维勒弗朗什参加七月四日的庆典。

在帕尔马的冬休期夜间，胡安·默格翻阅着鞋盒里的东西，里面保存着几张照片、《半月王朝》时期的几页旧报纸、电影剧本《伊甸园》的评论。纸张发了霉，照片上长了毛蕈，浮游着一层铜锈绿。十年、二十年的光阴，往事蜕变成游丝、斑点。一切都沉寂下来，唯独他脑海里那些生命的传言，继续着它的喧哗、乐章以及陈腔滥调。

第一次越洋航行，胡安·默格并不愿意和他人分享。那是他生命中最伟大的考验，他只愿意和安德里亚姆纳独立完成。他们在佛得角群岛久久等待，等掉了一整个十二月，终于趁风势稳定，往正西方出发，航行在日落中出奇平静的海上。“阿扎尔”的艏柱毫不费力地划开成群结队的飞鱼，破浪前行。有生以来，默格从未经历如此屏气凝神的时刻，那不是萨拉所能了解的，其他种种，名声、财富、电影，甚至爱情，全都一笔抹去。那些放在一个个鞋盒中的图片、发霉的照片，还有那些摆设、纪念品、战利品，全都在他出发前扔了。

“阿扎尔”的船身航行到了海洋中央。每一波涌来的浪峰上，都披着一头随风翻飞的浪花。船身没发出吱嘎的声响，没露出任何吃力的迹象，仅仅在翻浪前行时稍减了速度；船桅一直震动着，支索则像紧绷的神经。

那一夜，默格无法入睡。他听着传来的一切声响，每一次晃动，每一波浪涌。安德里亚姆纳拍他的肩膀，竟使他从驾驶舱的卧铺惊跳起来去抓舵轮。要想在锥形大床上，或是在土耳其的大浴缸里做白日梦，免谈。其实，安德里亚姆纳是为送矿泉水而来。默格不再刮胡子了，就算洗澡，也只限用少量的淡水轻拍脸部、脖子。一切都变得又咸、又冷、又湿、又黏。黑夜下的汪洋是心怀不善、隐而不见的恶魔。那时，他们大约是在北纬二十二度，靠近北回归线。新年的第一天，他们喝掉一瓶用海水冰镇过的香槟。

默格永远忘不了“阿扎尔”航行到终于能望见第一座岛屿的时刻，那是越洋的第二十六天（他全都细心地写在航海志里），黎明，近六点，从美丽的海上望去，他们似乎看见了什么，或者该说是他们感觉到了什么，一种存在，不远，坐落在地平线上，方位西南偏南。海水托着船，一波波从船尾推送。几分钟后，出现了一块狭长、墨绿的陆地，浪潮在岸边冲击出倾泻如注的浪花。一如传奇故事，首先迎接他们的是一群掠过他们脸颊的海鸥，对入侵者发出凶恶的目光，乱嚷嚷地挟风侧飞。不久，皮特尔角城的小海湾出现了凯旋的入口。

默格随后在孤独中注入了这种陶醉。一种极大的权威感，一种近似帝王、英雄的情感。主宰自己的命运和未来。那些在豪华旅馆大厅、只会走一贯路线的人们，都将结伴搭乘邮轮或私家喷射机来到这小岛，而他，却是完全独立地和一个寡言的水手挑战了这片汪洋。不会有人在他抵达的地方等他。他可以随心所欲改变航向，转往安提瓜、波多黎各，或是逆风向南，航向圣卢西亚、巴巴多斯，或更远，直到特立尼达和多巴哥，然后航向野蛮、未开化的大陆，在被河流夹淤泥所染黑的海上继续航行，航向巴兰基亚、航向卡塔赫纳。他是自由的，浪涛的力量已灌到他体内。海风、日晒、盐分，蚀去了他的睫毛，灼热了他那从曙光到暮色的脸庞。他们尚有三十天的食粮和淡水，什么事都可能发生，包括掉头转向东南，重走从前海盗船所开发的由巴西到非洲海岸的航线。

安德里亚姆纳伫立在大船前，望着那块浪涛在边陲碎成浪花的陆地。他什么话都没说，不表露任何渴望、任何个人的期待。这里或那里，对他来说都一样。他是个无牵无挂、无土无家的人。不会有一个地方是属于他的，不会有等他的女人，不会有孩子。也许那是他第一次穿越大西洋，或许他已经来过？他似乎认得一切，却又什么都不认得。某个晚上，在抵达的几个小时前，风微弱得鼓胀不起帆了。默格惊讶地发现他正在桌前查地图。他张开灵巧的手指，用掌宽测量还没走完的距离。他的手准确地停在他们即将抵达的定点上，图上著名的碉堡岬笔直延伸，仿佛是一只探入海中的手指。

那都是很久以前的事了。胡安·默格一直记着那种权威感。于是他以加泰罗尼亚人的傲气说：“我行我素，”而他确是这么做的。

于是，他可以几个晚上不睡，带着阿尔邦和其他同伴泡在酒吧喝酒，听瓜特罗普的音乐。那个时期，他无所畏惧，最蠢的赌都输得起。他把船留在安的列斯，二月天到纽约赴约时，只穿一件短袖花衬衫，在暴风雪中穿越中央公园，或是站在斯塔滕岛渡轮上，把冰冷当做幻觉而已。也许在当时，他以为自己是不朽的。

萨拉如今多大岁数了？还有萨里塔，长得像谁了？离婚后不久，他收到过一张萨里塔的照片，一头棕色的浓发，灿烂的笑容，那对大门牙完全和他父亲的一个模样，还有同样慧黠明亮、带些孤僻的眼神。以前萨拉总会说萨里塔的眼睛长得像她，眼神也像，还有又长又翘的睫毛，浓黑服帖的月弯眉。照片上没有只言片语，只印上日期，像个信号，什么意思呢？他不解地把照片收进皮夹，从此这张照片就没离开过他，甚至当他离开“阿扎尔”去办事时。如今，经过许多年，经过许多错误后，他猜出那张照片要说的是什么了。爱恨交织。感情丰富，泛滥成灾，这总一成不变。萨里塔青春期的照片是谁寄的？可想而知，是萨拉。那是她的作风。一个动作，单单一个动作，不吭不响，就道尽嫌恶、怨恨、倾注的泪、发狂的冲动、轻生之念、寻死的本能。

萨拉爱过他吗？就算是，又能代表什么？感情的事，今天是这样，改天就变了个样。今天，人家说要为你自杀，不久就对你憎恨起来，一心只想报复，更惨的是，人家打心里对你的憎恶，能把你冻到骨子里去。萨拉完全不是默格那样的人，她深谋远虑、精打细算、要求严格。她喜欢那些挂起罗纱窗帘、由各式大小烛台照亮、且四处摆挂纪念品和饰品的白色豪宅。她是富家千金，不懂饿是什么，不必为明天担忧，而局促在有限的视野里。她曾是个勇敢的女孩，尽一切努力去了解默格，也曾原谅过他那些小小的出轨。“怎么一有小妞经过，你就非得跟在后面跑?”那时，他是一只偷腥的猫，只有在外头丧了气、饿了或是需要包扎伤口时才回家，然后，在感到乏味之前，他又出去了。然而，萨拉每次原谅他时，都像个银行职员，要在账簿上记下一笔。钱绝对是默格生命中的大事，是他唯一热爱的，也是他唯一唾弃的。通过约翰·丹齐格，萨拉的父亲，默格结识了些制片人，找到了工作，担任过维多、卡普拉的助理。萨拉是因为爱萨里塔才原谅默格，她要她的女儿毫不怀疑，像相信圣诞老人那样相信她的父亲。然而，她的一番苦心被枉费，整个家逐渐瓦解，最后变质走样。她禁不住对他说：“你刚到美洲时，你什么人都不认识，你什么也不是。”他不过是个外来移民，一如卓别林。

爆发了麦德林女孩事件后，她忍无可忍了。那和之前的出轨是两回事：一个好莱坞大道的小明星，他不但把她带到汽车旅馆，还带她坐他的船去了一趟巴哈马。简直是无可挽救、丑恶、亵渎的行为。那女孩年纪太小，毫无自卫能力，她不该受到默格如此糟蹋，那和他去侵害萨里塔没两样。萨拉甚至不必再和默格会面，几个星期内便拿到了离婚证书，一切全由律师搞定。为了丹氏家族的名声不被丑闻玷污，他们花了好几百万法郎，终止诉讼。

而她，小混血儿，麦德林的那个女孩，她如今该是几岁了？默格对自己并没常想到她感到意外。反正她也不是他生命中唯一的浮光掠影，然而，她却是最令他心神荡漾的一个？是因为她，也多亏了她，他必须改变一切，回到原点，从零开始。如果说他不曾多想那事件，并非是他不在乎，也不是他记不起她的名字，她的本名。他想着：小混血儿，因为她留给他的正是这种色彩的感觉。玛特。玛丽亚·特雷莎·桑坦琼，一个电影中的名字，他为《牙买加飓风》所想的电影名字。玛特，一个青涩小妞的名字，她细致纤瘦，曲线却已经发育得完美，修长的身体风姿款款，胸挺臀翘，两处腰窝留下两块小窝痕，那是欲望的印记，流线型的腿长不见底，还有纤细的脚踝，平贴地板的长脚，白里透红的脚掌。

玛特，小混血儿，他喜欢那样叫她，并对她承诺过，不论他到哪里，都要带她一起走。他教她如何演戏，如何在两架摄影机前拿捏，如何正视聚光灯而不眯上眼睛，还教她要用轻柔、带点克里奥尔语花腔来说台词，好诱惑琼森“船长”。他偶尔还会想象她在身边，他要为她在卡塔赫纳古城上租一栋白色的大豪宅。他幻想着电影《飓风》的首映会，那该是他最好的电影，是他对生命、美和爱的绝唱。他还该为玛特办个大型宴会，和那些好莱坞的知名女星一样，喧闹、烟火、狂欢，让那些门客们看得眼花缭乱，为玛特罩上银河的光环。睁大眼睛的他，将饮下至美的青春、纯真与恩典。

没错，就是要热热闹闹，要有烟火、派对，也就是要美酒佳肴、纵酒作乐，有钱人才能借此在贫乏的世界中享乐。而他，默格，是从垃圾堆里出生的，就像他老爱对萨拉提起的，带着挑衅。脑袋被产钳夹着出生，过程糟糕得使所有在场的人，包括产婆、教母、父亲——母亲死于难产而不能发表意见——决定，这种小鬼的命不值得活下来。他在帕尔马老街长大，当小混混，之后在巴塞罗那见识了一切，生生死死，是是非非，穷困潦倒，吸毒酗酒，逛过窑子，甚至还参过军，当时他未满十八岁就去从军，战争不久就结束了，他被雇去运尸体，将一九三九年的死刑犯运到公墓。

白吃白喝的人，投机的人，骗子，伪善的人，所有这些人，对他们为之工作的对象都十分不屑，尤其对那些在百老汇、香榭丽舍大道和莱斯特广场争先恐后排队看他们拍出的电影的人特别不屑。除了金钱和权力，他们别的都不信，他们随时准备去揭发，为达目的而背叛；要是他们掌控了可以将对手送入圈套的神奇按钮，那么，他们的指头会因为使劲按按钮而发麻吧！胡安·默格，他梦到过《飓风》，唯一也是最后一部能配得上“阿扎尔”精神的电影。拍这部电影，为的不是自己，而是萨里塔，他将在片中向女儿展现曾经的他，呈现他最初的真实世界，那时既没有投机取巧也没有吃软饭的人，既没有主人也没有奴隶，在那世界里，海盗们是唯一的好人，丑恶全被一个小混血儿的纯洁灵魂涤清了。他忘了那都是白日梦，时光并不会倒转。

那一切都过去了。如今，风水轮流转，就某种程度来说，身败名裂的默格，算是走到了尽头。

然而，有个影像不断纷扰着他的白日梦，那是他想挥去的，如同想要删除剧本中某一句写坏的台词，如同交付时间去瓦解人类自以为不朽的大部分创作。在麦德林的旅馆内，被煤气灯照亮的中庭里，长着绿色植物和像是人造的“乐透草”①。老妇人蜷缩在门旁，

① loteria，黛粉叶的西班牙俗名。人们会数其嫩叶上的白点来作为买乐透的号码，故得此名。

像是个印第安老妪。而就在中庭长满苔藓的石板路上，在雨中，玛特赤裸地横躺在那里，头转向一个异常的角度，颈部扭断。

然后，出现了娜希玛，她走进了他的生活，一切本该会因此有所改变，倘若当时他能知道、能明白的话。

娜希玛如何乔装成男孩，登上“阿扎尔”，及后续

破晓时分，胡安·默格正在值班时，目光被左舷甲板上、靠在甲板室边上的东西给吸引住了，他原以为那是一大团抹布。风平浪静，东方的一片云映着粼粼波光。海岸已远，只看得到高山的积雪在黎明中闪烁。

默格打开驾驶舱的门，把火炬指向这不寻常的物体。幽暗之中，那团抹布在风中稍稍松解开来，露出一张看来像小孩的脸，可怜的小脸上有一对黑色的大眼睛正闪闪发亮。那眼神毫无恐惧，只透露极度的疲倦。默格咒骂一声，目瞪口呆了一下，才叫安德里亚姆纳过来，并且一边弯腰向前，试图连衣带人地把这不速之客拉向他。可是她根本动不了。她先是抗拒，紧紧抓住甲板室的把手，不久就任凭摆布了，小手软瘫在毛毯上。最后，默格托起她，让她平躺在休息室里。

安德里亚姆纳从卧铺起身，一言不发地看着眼前的一幕。在休息室的灯光下，默格发现这肤色黝黑的年轻男孩孱弱、哆嗦，和从在山洞深处抓出来的动物没两样。

“你是谁？你在我的船上做什么？”

默格觉察到自己继续凝视着那不速之客眸中跳动的火焰。男孩的牙齿一直打颤，无法开口说话。安德里亚姆纳替他煮了加糖的红茶，男孩拿起铝制的杯子，一小口一小口贪婪地喝着。不管怎么努力，他还是说不出话来。正当默格脾气愈来愈大地重复问话时，男孩从毛毯里拿出一个尼龙旅行袋，在其中一个口袋里翻找，然后在一小截纸上写字。默格念出他的名字：那希·凯加斯；年纪：十五岁。男孩又笨拙地用大写补上：美洲。

默格惊讶地看着他，“你以为你可以留在船上？”

这期间，无人驾驶的船自己转了航向，阵阵狂风吹得主帆吱嘎作响。“好吧，晚一点再谈。”默格说完，转回舵前。安德里亚姆纳在休息室尽头铺上几个坐垫和一条干毛毯。男孩几乎立刻睡着了。安德里亚姆纳靠向他，多留了一会儿，看着他睡觉。值过夜班的他，不久也累了，回他的卧舱去睡觉了。

天大亮后，安德里亚姆纳到驾驶舱和船长交接。耀眼的阳光照得海水一片湛蓝。裹着毛毯的小偷渡客继续蒙头大睡，身旁摆着他的旅行袋。

“这个人，接下来怎么处理？”默格问。

安德里亚姆纳没任何表示。他静静看海，等着转舵轮。

“也许应该把他丢进海里？”

安德里亚姆纳没回答，带着镇定的笑容。

“对，也许应该这么做，靠近海岸，把他裹回他的毛毯，连同他的旅行袋，从甲板上丢出去。”

他搓搓手，洋洋得意，高兴得就像做了最好的决定。

近中午时，安德里亚姆纳又热了红茶。小少年从睡眠中苏醒过来，头发凌乱，双眼浮肿。他有张五官端正、清秀的脸，脸色因疲倦而灰中泛青。醒来后，他饥渴得简直要命。安德里亚姆纳端来一杯滚烫的茶和一盘饼干，他贪婪地吃喝起来。默格设定了自动导航，好回来重新审问。

“那么，那希先生，你在我的船上做什么？”男孩却毫无胆怯地看着他们。他仔细观察着休息室，里面放着几个坐垫和一张深色木制的航海图桌。他抚摸了一阵子摆在航海图上的黄铜纸镇，似乎在寻找答案。默格大声大气地说：“到这地步，你要我拿你怎么办？难道要我改变航向，好让你能够下船？”

然而，默格根本发不了脾气。这男孩到来的时机，正是他生命中最不顺遂的时候。他分了神，估计男孩的年纪大概和自己的亲生女儿相当。萨里塔和他一样，有那种天不怕地不怕的眼神和不知天高地厚的表情。可是她也继承了她母亲的一部分。她拒绝上“阿扎尔”这条船。

船逆风驶向西方。默格估计两天后会抵达帕尔马，然后一口气开到加那利群岛。他毫无转向的意愿，也不去想面对国界航警的说辞。这男孩未经许可上船，他不觉得自己该为此负责。有事，以后再说吧！

“抵达前，我先把你关起来。”他抓起娜希玛的手臂，像老师对付坏学生那样把她拖向船头，“我暂时不想见到你。”

他打开门。舱室里的备用品、箱子、工具全都堆得乱七八糟，那张巨大的锥形床被用来摆放一箱箱罐头，叹为观止的土耳其浴缸塞满了一瓶瓶矿泉水。“好啦，”默格说，“你就待在里头，照你的意思看着办吧！但是别把东西弄乱了。”看到舱室的状况，简直出人意料，但是娜希玛没说什么。默格才一关上门，她就用拳头敲起门来。他打开门，看到她脸上露出紧张、不安的表情。她尽量用保有幽默感的语气小声地说：“我拜托您，不要用钥匙把我锁起来。”

“我拜托你，告诉我有何不可?”

她的说法倒是义正词严：“万一您掉进水里，或发生船难，船沉了，那我也会溺死的。”

她补充：“我向您保证，我不会想办法逃走的。”

默格严厉地看着她：

“可不是我要你上船的。是你自找的风险。我想的话，可以把你从船上丢出去。”

他粗暴地又把门关上，用钥匙在锁孔里转了两圈。

经过那困难的初次接触后，娜希玛算是在“阿扎尔”上找到了自己的位置。尽管默格口出威胁，但终究同意了不锁门，也许只是因为安德里亚姆纳似乎看来不表赞成，并且他每次进去拿日用品或矿泉水后，就会忘记用钥匙锁门。

对娜希玛而言，上船后的第一个白天显得极其短暂；有一段时间，她跪在床上，透过舱室的舷窗望向外头。海浪朝艏柱奔来，每当船要跨越浪峰时，船体每个关节便隐隐作响，那是怪异的音响，娜希玛尽量不去听它。

不久，就当做没人约她到外头似的，娜希玛试着稍微整理舱室，整理得像是会待上几个星期、几个月。她把箱子堆在角落，把体积不大的东西整理到大床下的储物柜，其他的则放进船首的贮藏室。还剩下某种防雨布和一个帆布袋，她一并卷收，藏进纸箱和隔板之间的空隙。整理花掉她次日的一整天。最困扰她的是浴室，显然，安德里亚姆纳很在乎他那些矿泉水，但是在甲板上过了一夜，被浪花溅了一身后，娜希玛需要洗个澡。她把在巨大的土耳其浴缸底端的瓶子搭成金字塔，再从柜子里找出一截缆绳绑紧瓶子，总算是清出了一小块地方。浴缸的水冰凉，但对娜希玛来说却是美妙极了，就好像她有好几个月没泡在浴缸里似的。她还从柜子里的存货中找出椰子皂来洗头。一旦梳洗干净，她开始清洗泡过海水的牛仔裤和T恤。要穿衣时，她到更衣间翻找，找到一件黑色的丝睡衣，这睡衣该是默格在奢华、风光时穿的，而穿在她身上，实在是大了太多。不过卷起袖子、折起裤管后，还可以接受，这至少是她面对挂在浴室门后的镜子、仔细端详后的感受。

从浴室的舷窗望出去，娜希玛看见船正向荒凉的海岸靠近，驶进偏僻的小港湾。突然间，她不安了起来，她想到默格就要实现他的威胁，把她赶下船。可是眼前的景色并不像是维勒弗朗什的海岸，山色枯槁贫瘠，山峰云朵笼罩，而岸上有一座辽阔、浓密的松林，正随风波动。

默格打开门，见娜希玛穿着自己那件过大的睡衣，顶着一头湿漉漉的头发，差点爆笑出来。她的模样像被人从水塘捞回来的小顽皮。

“有强风预报，所以我们将在这里过夜。”他似乎后悔太亲切了，于是换了个口气说，“明天，你就搭火车回你的家去。”

“这是哪里?”娜希玛问。

“阿隆港，”默格说，“几公里外的圣西尔有个火车站。”

娜希玛不再有意见，脸上没露出任何不快。默格又关上门，这件事解决得如此轻而易举令他相当满意。过不了一会儿，进来的是安德里亚姆纳，带了晚餐给娜希玛，托盘上的塑料碗里盛满可口的杂烩饭。娜希玛胃口大开，吃完后，便在洗脸盆里清洗了碗，然后将餐具全送回厨房。她非常开心地确定，舱室的门不会再被钥匙锁上了。

半夜时，预报的暴风雨来了。“阿扎尔”被锚紧紧抓着，帆索敲打船桅，浪涛拍击船体，锒锒铛铛地叫醒了娜希玛。她思索起被带回维勒弗朗什后将发生的事，她得面对各种问题，得去警察局，得正视娜迪亚的目光。搞不好法官会将她关在德拉吉尼昂或迪涅的少年感化院。她左思右想，她该逃走，逃到别的地方，意大利，或往北逃，逃到比利时去，要是她找得到工作，身边存些钱，她还要搭飞机或搭船，逃到马提尼克岛，去找她的父亲。

她一大早就做好一切的准备。听到休息室传来走动的声响时，她打开了门。默格早已穿好用来涉水上岸的黄色的防水衣，或许他就穿着这一身衣服睡觉的。他有些蓬头垢面、满脸胡髭，像一头老灰熊。安德里亚姆纳看来则像是对风暴毫无感觉。他准备好了红茶和糕点。

娜希玛一想到这是她在船上的最后一餐，便无法下咽，喉头哽着。她低下了头。

“我不要离开，”她的声音嘶哑得古怪。她觉得在冒着烟的杯子前，自己的样子真像个小女生。她试着使声音听来更为坚强：“我要和你们留在这里。”

默格严厉地看着她。

“你要人家告我诱拐?”

这时，他想到萨里塔，她该也会有相同的举动、相同的态度，这种既沮丧又顽强的模样，如同他最后一次看到她时的样子，那是她要去和母亲生活之前。她不愿接受他的离去。

“不会有人知道的。我会说是我自己上了您的船，不会有人告您的。”

默格一直站在她面前。可以靠岸了，小湾尽头有一道防波堤，而曲折蜿蜒的公路可通向国道。过不了几分钟，这个不速之客就会从他的生活中消失。

“要是我报警呢?”

娜希玛没回答，身体仍然前倾，双臂交握，鼻子陷进杯里。她摇摇头，缓缓地重复她的话，仿佛那是明摆着的事：

“我要和你们留在船上。”

他转向安德里亚姆纳。舵手站在近门的地方，没说话，表情却有些不寻常，似乎在担心。

“我可不可以再多留一下，一两天也好?”娜希玛问，“要是您现在把我赶下船，什么都完了，我就再也走不了，会一辈子都被关起来。”

不用说，那都是在做戏。

默格犹豫。当然，理性要他尽快摆脱这男孩。“阿扎尔”可不是收留迷路小孩的地方，而且，他也不觉得自己有传教士的精神。然而，看着把自己蜷缩在休息室一角的男孩，就和被他从甲板上浑身湿透地捞回时一个模样，他不禁想着自己也曾像这男孩，不顾一切，要摆脱、要逃出一个没有出路的世界，在那里，一切早已既定。一个懵懂、固执的男孩，狂狷，任性，等待机运，喜欢不可预料之事。他打心底渴望尝新，尝试某种禁忌的事，某种萨拉会谴责的事，他要赌一赌，或许也是为了纪念萨里塔吧！他假装生气、假装对立。

“气象预报说，这小港湾会有持续一整天的强风，这使你可以留到明天早上，好好地编个故事。编故事，你看起来挺在行的。”

娜希玛把一整天都用来将她在休息室的角落布置得更好。她继续整理凌乱的东西，然后清洗浴室，用从袋里找出的帆布做了个浴帘。她也稍微整理了一下厨房，还从洗碗槽下找到几个有点生青的马铃薯，配上罐头西红柿，炖了一锅菜。近傍晚时，默格和安德里亚姆纳从岸上散步回来。他一进到休息室，就闻到食物的味道，他皱了眉头。

“安德里亚姆纳没给你煮好吃的?”

娜希玛不知如何回答，她摇摇头，又恼又怒的样子。默格挖苦地看她：

“明天起，你就可以替你的爸妈做饭了。”

“我没有爸妈，”娜希玛说，她换了口气，“我要说的是，我爸走了，我妈成天工作，她不需要我做饭给她吃。”

默格看来似乎苛刻、无情，蓝眼珠闪着冷光。他没说话，也许，他终究是被打动了。娜希玛迅速吃完东西，到洗碗槽冲洗盘子，然后回到她的房间。关上门前，她向每个人道晚安，声音细小、干哽。只有安德里亚姆纳回应。

娜希玛在漂荡的感觉中醒来，一种迟缓、平稳的晃动。一下子，她有种背朝下掉进无底洞的感觉。她醒了，然后她确知她是身在航行的船上。

除了船旁沙沙的水声和船肋彼此的吱磨声，全都静悄悄的。她急忙探看大床每一边的舷窗。毫无疑问，“阿扎尔”是在大海上了。

浓云密布，骤雨模糊了地平线。她看得再远，也只看到海水以及柔软、绵延的海浪。

娜希玛赶紧套上衣服，走出房间。休息室空荡荡的。驾驶舱里，安德里亚姆纳正在掌舵。他看着她，什么也没说，因飘雨而眯着眼睛，头发和羊毛衣上挂着粒粒水珠。娜希玛想从他身后钻上甲板，但是他一把抓住了她，拿了一件橘色的救生衣给她。“船长说了，你必须穿上这个。”他帮娜希玛系好腰带。

当她把头探向外头，忍不住叫出声来。在她头上，直到船艄柱的一片片巨大的白帆，全都无边无际地伸展开来，在风中鼓动着。海潮推动下，“阿扎尔”微微倾斜，波浪滑向船身，冲刷船首的甲板，溅开水花，发出了巨响。娜希玛发觉默格坐在主桅前，双脚枕在甲板室的凸边。他穿了黄色的防水衣，背对着风雨飘摇。

娜希玛从未走在倾斜的甲板上。她开始匍匐爬向船首，一边抓着甲板室的栏杆和帆索撑住身体，不敢站起来。大海的声音激烈、惊人，每一波浪潮都涌向船体，还有在帆索间吁吁呼叫的风，把紧绷的船帆吹得噗噗作响，尤其是轰隆隆整个大海，每一边都会突然同时涌起浪涛，将她包围，使她晕眩。

她爬不到默格那里。疲累和激动淹没了她。她待在甲板中央，四脚贴地，紧抓双角钩，风吹得震耳欲聋，被风抛来的水沫进到她眼睛。阳光破云而出，照向“阿扎尔”正前方，天气间隙晴朗。几分钟后，她感觉到有人从后头抓了她一把，抓疼了她。是安德里亚姆纳，他赤脚站在甲板上，没穿救生衣，一言不发地扶娜希玛走进甲板室。轮到默格了。他的脸被海水淋湿。

“要是你敢再不经过我的允许就出来，我要把你关进你的舱室。”

娜希玛不知所以地呆坐在垫子上，四肢发抖。

默格到厨房的柜子里找来一瓶杜松子酒，递给她一小杯。“喝了吧，这对晕船有效。”娜希玛感觉到酒精在灼烧喉头。她想申辩，说从前她爸爸带她到船上时，她从未晕船，但默格已经走了，回到了甲板上。而在驾驶舱里，安德里亚姆纳继续掌舵，依然沉着镇静，之前生气的模样已经不见了，微眯的眼睛有些笑意，娜希玛心想他早已猜出她是个女孩，这着实难堪。

向晚，浪平息了。就在娜希玛畏畏缩缩地把头探向休息室时，默格示意要她过去。她套上救生衣，跟着船长到甲板上。默格抓起她的手，把她领到船首。风静了，船帆不再那么紧绷，只有大前帆在艏柱前鼓成个肚子。

“你看，”默格说。

她没马上明白要看什么。灰蒙蒙的海水，和天色融在一起。气候宜人，风雨后的余波荡漾出阵阵涟漪。船顺风前行，没有碰撞、没有杂音，微微倾向左舷。忽然，海面开花了，正好在“阿扎尔”面前深深涌出一群海豚，距离不到几米，如此靠近，使娜希玛能清清楚楚地听到海豚跃上空中时所发出咻咻的呼吸声。

她愣住了，使尽全力紧抓默格的手。海豚沿着船掀起一道水花，在船尾离开，又回来，仿佛在展现它们的灵巧，仿佛在衡量它们的速度。然后它们潜入船首下，过一会儿，又一个翻腾，从船的另一侧飞跃出来。

娜希玛坐在甲板上，坐在船头，坐在默格旁，坐在大前帆扬起的帆下。她望着海豚，没放开过默格的手。那是神奇的一刻，一种超自然的美景，那是她从未想象过的。寂静之中，海面光滑、灰亮，天空染上红霞，而悠悠缓缓向前的“阿扎尔”，乘着无边无际的帆翱翔。她感到这世上什么都不存在了，只有汪洋和海豚，它们喜悦的力量，它们的自由，它们跃向空中时柔亮一如丝绒的灰色皮肤，还有它们沉厚的落水声，然后在一束水沫中，从海面上消失。

海豚陪伴着船直到夜晚。默格没动过，没说过话，他抓着娜希玛的手，紧得弄疼了她。他身上多了某种奇怪的感觉，身体前倾，微张的唇似笑非笑。他再也不是个笑声冷冽、目光无情的老人了，他又变得像个与众不同的孩子，那个蛮横、古怪的小顽童，准备再次征服世界。她仿佛一直都认识这个人，他们仿佛是在维勒弗朗什的五月路、在幽暗迷宫里一同长大。她感到内心满溢着感谢和敬畏。那是意义不凡的一刻，她想着，她再也见识不到任何比此刻更有力量、更美好的事物。那一刻，她几乎就要脱口说出真相，告诉他，她不是男生，但她怕一说出口就全毁了。

一切在瞬间结束。海豚最后一回沉入船首底下后，便往南离去，而在它们上头的海面又平复了，黑夜几乎立刻降临，仿佛是海豚所背来的。

默格站起身，没放开手，把娜希玛一路带到驾驶舱。在舵轮前的安德里亚姆纳准备好在此过夜，用他喜欢的姿势——一只腿站着，另一只脚抵在小腿肚上。娜希玛心想，这多像一只鹳，或像那些在非洲会吃蛇的鸟。要去热那一锅饭菜的是她，两个男人任由她去做，没有异议。从那一晚开始，娜希玛了解到船上有了她的位置，她可以算是“阿扎尔”的见习小水手。她低声感谢那些海豚，仿佛它们为了帮助她而专程到来。

帕尔马是默格的城市，是他向来喜欢停泊的地方，在重新出发驶向另一个天涯海角之前，他好在这里重温在帕西欧街和昆特巷之间的老市区。他要去见所有的人，也要所有的人见到他。那是他对过去恶劣境遇的报复，他这个人，没父没母，在贫困中长大，他办到了，他成了好莱坞的电影人，他要强过那些人，那些当他穿梭在杰诺利帕西欧街餐馆的餐桌间，想顺手摸走方糖或剩菜里的面包块时羞辱、嫌恶过他的人。

入港前，他升起马略卡岛的金红相间的信号旗，安德里亚姆纳拿出一串串镶满白灯泡的彩灯装饰。

娜希玛参与了晚会的准备工作，一直爬到后桅杆高处去挂彩灯的是她，像个真正的小水手。在帕尔马这里，小女孩无需被关在房里。默格是在自己的家，根本无视别人对他的闲言闲语。没有人会想到要求他出示“阿扎尔”甲板上乘客的证件。

整个下午，默格带着娜希玛在市区四处蹓跶。帕尔马是个吵闹、杂乱的城市，小路狭窄、阴暗，唯一的椰林大道则被咖啡店的露天座占满。大道人潮泛滥：从德国或美国来的观光客，从巴塞罗那或梅利利亚来的掮客，当地身穿长袍的修士，引人侧目的女孩们，眼神轻浮的少年们，伴以身穿白西装的怪老头们。

为了进城，默格仔仔细细穿上清爽明亮的三件式套装和黑皮鞋，戴上一顶巴拿马草帽。人们免不了回头望向这奇怪的一对，这个穿着高雅的男士后头却小跑步地跟了个头发凌乱的小男生，正好奇地东张西望。

默格带了娜希玛去看他度过童年的地方，那是在他离开此地去巴塞罗那之前，他干过听差的老琴特里克咖啡馆，还带她去看了他窝藏过的隐蔽角落，打群架逃跑过的阶梯。

在帕西欧街，他们坐在椰树荫下喝一杯，他点了可乐给娜希玛，为自己点了浓咖啡，不时有些人到桌前向他寒暄致意，而其实是为了来瞄一眼娜希玛。那都是有些年纪的男士，看来重要或故作重要。默格该和他们的年纪相当，但他是属于另一类的人。娜希玛看着他和那些人谈话。被太阳晒黑的脸上，嘴边、眼角刻上了皱纹，这使他看来有笑容。

一些小男孩绕着桌边打转，兜售口香糖、烟、巧克力。其中的一个男孩，非常阴郁，茨冈人的模样，一头近乎金色的鬈发，捧着一盒雪茄跪在默格跟前。他面无笑容地看着娜希玛，黑眼珠里亮出一抹冷酷的火星。乏人问津，他继续到别处兜售。

默格脱了帽子，微微靠坐在扶手椅里，闭起眼睛抽着西班牙小雪茄，一副幸福的模样，而娜希玛想象他可能曾像那个男孩，急急忙忙在巷弄里穿梭，为了找差事、找机会，搞不好还找坏事干。他也曾像那些泡在港湾的孩子们，想在轮船前的污水里捞得几个铜币。

娜希玛是在那里初见阿尔邦的，她第一眼就讨厌这个人。阿尔邦是默格的制片人，掌管经费，负责招募演员。一个四十来岁的人，高大却神经质，短发，一道黑浓眉横亘在有棱有角的脸上，一身全灰、无可挑剔的高雅穿着，修长的手保养得细嫩。陪他一道来的是个美国妞“蜜糖”，她的头发失去了光泽，眼神心不在焉，没多看一眼就入了座。倒是阿尔邦，探究、敌意的目光久久地落在娜希玛身上，叫她忐忑不安。她尽量不露出害怕的样子。

默格和他用西班牙语交谈了一阵，之后决定去卡拉马约用餐。一辆出租车经由一条狭窄的公路将他们载到港湾。餐厅面向海滩，黄色的沙滩上紧密排列着许多蓝色遮阳伞。海水波光粼粼，热风断断续续地吹来。娜希玛留下默格和阿尔邦继续谈论电影，和“蜜糖”往海滩走去。娜希玛坐在挡土墙边。年轻女孩以丝毫没有口音的法语对娜希玛说起话来。

“你叫什么名字？”

“那希，”娜希玛说。

“你要下水吗？”

“我没有泳裤。”

“要的话，阿尔邦可以借你。”

娜希玛迟疑了一下。

“不了，谢谢，我可以穿着衣服下水。”

“蜜糖”笑了起来：“你很有趣。”

海水冰凉，但历经酷热的车程后这倒是不错。娜希玛从高高的岩石跳进清澈的海水，然后就像个男孩会做的，哗啦啦地抖动起身体。待在海滩上的“蜜糖”，根本没注意到她，径自擦了防晒油躺在沙滩上，修长的身体非常白，胸部因阳光而起了些红斑。娜希玛坐在她旁边看着她。黏在皮肤上的湿衣服使她打哆嗦。

“我饿了，”娜希玛说，“吃饭去吧？”她们沿着楼梯直跑到餐厅。

那两位男士已经坐在遮阳伞的庇荫下。他们已经用过餐，正一边抽烟一边喝咖啡。美国女孩隔着一段距离睡在躺椅上，眼睛上敷着两片化妆棉。

默格中断谈话，亲切地招呼娜希玛，替饿了的她叫来一大盘海鲜拼盘和一篮柳橙。贝类、虾和柳橙撑得娜希玛饱饱的。默格饶富兴味地看着她，不再听制片人说话。他喜欢看这男孩，如此青春而生气勃勃，如此本能而毫无猜忌。他的目光没逃过阿尔邦，他低声评注说：

“不错嘛，一个猎物？”

默格生气地在意起来：

“什么？这是什么话，你疯了！”

阿尔邦一再打量娜希玛。当他看见她那背对阳光的侧影，一身湿衣服将之勾勒得更为纤细优美时，他的判断错不了。

“照我看来，”他说，“您得尽快打发掉这个麻烦，否则您会招来更多的烦恼。这男孩未成年。”

默格被激怒了：

“那你说我该怎么做？赶他走，送交警察局、送交海关？我哪晓得有谁会因此反过来对我放冷枪，有那么多人在伺机而动。还是我该一脚把他踹开，让他自生自灭？”

阿尔邦呼了一口烟。

“换成是我，我怀疑这小男孩会说出对您更不利的事。也许您给他钱，他就二话不说地放过您。”他又补充，“不过，如果真的换成是我，我一开始就不会让他上我的船。”

近六点半，夕阳映得海水一片火红时，乐队来到了码头。这是传统。尽管之前发生了那么多糟糕的事，和萨拉离婚、财物纠纷、筹钱拍新片的困难，默格却不轻言放弃这传统。他每次回到这童年的岛上，就会办派对，或者该说，以前都是他的朋友为他办派对。

乐团总共只有三个乐师，都是些在露天咖啡座演奏的年轻人，随便怎么点歌，一把吉他、一把萨克斯风和一把低音大提琴就能演奏起来。阿尔邦已经事先告知乐师，默格只喜欢爵士，于是乐师们试着不拘泥地演奏《女士乖点》。

码头很快就涌满人潮，三教九流、各式各样。有穿了一身黑、自命不凡的显要，热衷社交的律师，视钱如命的男人，争妍卖笑的女人，四处冒险的人，白吃白喝的人，无所事事来凑热闹的人，冬季的游客，还有便衣警察，光从两人成一支队伍这一点，大家就能立刻看出他们是便衣警察。默格不得不承认这群人中大多是他不认识的，从前可不是这样，那时诸事顺遂，财源滚滚，他的电影卖到世界各国，无论是在《半月王朝》或是《难已接近的岛屿》时期，他能认出所有的人，那时到场的男人都是最有权势的，女人都是笑声最清亮的，而现在，能有这么一群闲人，他可该满足了。船上闷热，乐师荒腔走板的演奏令他头痛。默格目光搜寻安德里亚姆纳，他纳闷娜希玛躲去哪里了，并思索起阿尔邦对他说的话。也许这男孩是他的敌手新埋伏的陷阱，要他败得更惨。他把自己关在舱室，好安安静静地抽烟、喝酒、想事情。

娜希玛在人群到来之前就溜出去了。她去了码头，窝在一堆水泥袋的掩护下，凝望“阿扎尔”船桅上悬晃的灯泡，听着荒腔走板的乐声。她想起有一次在维勒弗朗什见到的景象，那是为七月四日庆典，在港埠中央，那些船的桅端划出道道光芒，像流星雨。纵然音乐、人声喧闹，“阿扎尔”看来仍有某种悲伤和凄凉。她想到五月路，想到应该正等着她的娜迪亚，一阵空虚使她腹部疼痛、喉头紧绷。也许警察正在四处寻人，为了找到她而张贴附上照片的寻人启事。她很想去打电话，和谢里夫说说话，了解他的近况，但她没有钱，也不敢向默格要。她怕默格会把她遣送回家。

她感到疲惫，在地上坐了下来，背靠着水泥袋，因此而看不见船桅的灯火，只见幽暗的夜空映着船上的光晕，徐徐冷风不时送来低音提琴的节奏、萨克斯风爆出的齉鼻音、喧闹和刺耳的笑声。

她冻得醒来。路灯在迎宾码头上烙下令人不舒服的黄斑。娜希玛走出水泥袋堆。“阿扎尔”上的灯火全灭了，人群已散。除了内港的水波拍击声外，没有任何声响。海上吹来的风冰凉、潮湿。娜希玛走向船。刚才她赶在派对开始前出来，匆忙得没时间穿上凉鞋。尖锐的砾石扎痛她的脚，并且她也冷得双腿抽筋而僵直。

就在她要上到甲板时，一道黑影矗立在她面前，她惊叫出来。那不过是在舱室门口睡觉的安德里亚姆纳。他认出是娜希玛，让她通过。

船长不在了。派对后的大舱室四处散着空酒瓶和喝过潘趣酒的平口杯。整个船舱从头到尾都是乱七八糟的垫子，还弥漫着雪茄冷却后的难闻气味。娜希玛机械性地开始整理垫子，舵手则漠不关心地看着。可是她太累了，于是终究还是走去小舱室睡觉，那里也是一团混乱。那些人在那里喝酒、抽烟，还在床上做了老天才晓得的事，在床垫上留下了印记。娜希玛愤怒地丢开枕头、床套，然后脱去满是灰尘的牛仔裤，倒床就睡。

默格在早上回来。他和某个女孩在旅馆过夜，情绪欠佳。当他发现休息室被整理过，看到那些堆好的垫子、在厨房里排好的空酒瓶，他的坏脾气就在安德里亚姆纳面前爆发出来。

“可好了，这是搞什么闹剧？难道我的船成了他妈的娃娃屋？”他大步大步把垫子踹回客人离开时的狼藉样子，“这才对。我早就不该让他留下来，得尽快想办法要他走。”

他气咻咻地走向舱室，粗暴地打开门。大床上的娜希玛正熟睡着，穿过前舷窗的阳光，成了一道使浮尘亮闪闪的角锥形光束，炽热地照在她的脸和上身。毛衣在她睡觉时撩了起来，使人看得见浑圆的腹部下一个斜角的孔，那根本不是男孩会有的肚脐，还有一双腿像蛙腿般曲张着。这个猥亵却无邪的景象使默格呆若木鸡，愣在门槛无法向前一步，甚至忘记为什么来开舱室的门。他轻轻地又关上门，怒气全消了。

“我早就该怀疑的，我早就该明白的，”站在舱室门前的安德里亚姆纳似乎在等决定。默格又不自觉地重复说：“真该想想办法了。”刚才的滑稽场面一下子敲醒了他，他大笑起来，“这丫头把我们给耍了。”

他用厨房的抹布擦擦额头后，开始收拾散乱的平口杯：“这里的天气太热，我们立刻出发。”

马达启动，发出轻柔的噪音。默格解开所有缆绳，用脚推了一下堤岸。要忘记陆地上的种种烦恼，没有什么比简单的一脚就让陆地消失更好的了。

安德里亚姆纳已经自自然然定位，用一只腿保持平衡，一只手摆在舵轮上。

晃动摇醒了小女孩。正当“阿扎尔”沿着土灰色的堤防驶入公海时，她来到甲板上。从安德里亚姆纳和默格看她的方式，她明白她骗不下去了。

“我的名字是娜希玛，”她说。

海洋

越洋的每一天都灼烧得一如太阳。这是第一次娜希玛有活着的感觉。那样的感觉似乎从当时当刻一直回荡到了过去，每个片刻又都交错着她的梦，这是多么奇异而难得。这般美好，令人陶醉，可是她又打从心底难过起来，因为她想到不久后，一切都将结束，都将只是人们称之为回忆的可怕东西。

“阿扎尔”在十二月初离开了马拉加，之前的一场暴风雨曾使它的主帆受损。下午近五点时，在一群海豚的陪伴下，越过直布罗陀岩礁，然后在丹吉尔待了两夜，因为毛毛雨而没下船。终于，十二月十日清晨，“阿扎尔”驶向西南方，开始越洋之旅，投向近乎风平浪静、一片蔚蓝的海洋。

在大洋上的第一个晚上，娜希玛睡不着，一切都如通电般一触即发。她留在甲板上，待在舵手旁，看着海面上闪烁的波漩，沿着船身流淌出千千万万个十字光，仿佛是一条银河。安德里亚姆纳背靠着门，蹲着休息时，默格来接班掌舵。那一夜，谁都无法入睡。

“浮游生物，”默格解释说。他站在她旁边，在驾驶舱里，但她的视线穿不透浓密的黑夜，她看不见他，只看得见那条流动的光河以及偶尔从云隙间探头俯视的星星。安德里亚姆纳待在自己的岗位，一如惯例地沉默着。断断续续地，娜希玛听见默格对他说话，看到他们烟头微亮的星火。安德里亚姆纳只在夜里抽烟，好能够“清醒清醒”，他是这么说的。

娜希玛感到心口急速跳动，觉得自己似乎身在一只巨大的动物体内，一条大鱼、一只大鸟、一头威猛的兽，正穿过黑夜，几乎无需碰触海浪就能滑向世界的另一端。这使她心生悸动，为了这一刻，她等了很久很久，自从跟娜迪亚走在碉堡的石子路时就开始等待了，那是为了去看凯加斯消失的地方，看着载走他的船像攀上瀑布般越过地平线，最后无影无踪。此时此刻，在动物的身体里，她上路了，一分一秒都在靠向那个地方。她睡在船舷边，海水近得好像是在她耳朵里流淌。风从后头吹来，却像呼吸般温和，勉勉强强地吹动船帆，发出轻微的声响。那一晚，默格为了预防万一，只扬起三分之一的主帆，完全收起后桅纵帆。不过他将艏帆留着，好让“阿扎尔”顺着同方向的滚滚浪潮，不费劲地往前航行。绷紧的帆索发出低沉的抖动声，嗡嗡的声音时强时弱。娜希玛平躺在船边，使尽全力贴在甲板上，她是在某个飞行物上，高高地在太空中飞行，她细听每个声响，感觉一波又一波从船首流向船尾的波浪，那波浪仿佛也流过了自己的身体。偶尔袭来的强风，似乎随时会把船吹翻，冰凉的海浪舔着她的指头，使她打冷颤。默格稍微转了舵轮，“阿扎尔”迟疑一下，又回到航线，而略微陷入水中的船首，在一片漆黑的汪洋中绽出三角形的微光。

一阵子后，默格来了，他很轻柔地牵起她的手，带着她走进驾驶舱，一直走到驾驶台前。他拉起她的双手，摆在木制的大舵轮两侧，然后在她背后站了一阵子，陪她一起操作。她微微哆嗦，感觉到他呼出的气息掠过自己的发梢。然后他走开了，留下她独自操纵大船。他回到待在舱室里的安德里亚姆纳身边，坐下来抽烟、喝酒。舵轮被手掌磨得光滑，摸起来很舒服。娜希玛感觉到海浪轻轻拍击着尾舵，像一大群紧密并行的鱼在游窜。除了船身两边排开的乳白色水面上泛着的粼粼幽光，她什么都看不见。这个夜晚，就只有夜、风、气味和浪涛声。娜希玛觉得自己和在陌生的大城市里开巴士的瞎子没两样。她凭直觉调整大船的运行，一切既沉重却又轻盈，重如汪洋大海，轻如行云。然而她也感到恐惧，感觉到手心的汗水濡湿了舵轮，乘风而来的大兽随时都可能会折断支索、砍断桅杆、撕裂船帆，使大船翻覆沉没。

她在舵轮前待得那么久，使指关节都发疼了，双腿也累得发抖。默格没说话，连烟头微弱的火星也没了。安德里亚姆纳大概是去睡了。她感到船下大海的威力，如此渐行渐缓的迟滞，如此的孤独。她手中抓的舵轮变得如此沉重、如此坚硬。那害怕是她不曾感受过的，她奋力抵抗，努力坚持，不放开舵轮，她大声喊出："我必须抓紧，我必须站下去。"接着，她感觉到默格出现在身边了。他轻轻松开她抓着舵轮的手，扶她走向舱室。寒夜冻僵了她，航海图桌上舷灯的光使她目光迷离。

她踉踉跄跄。默格扶她跨过舱室门槛。他已套上黄色的防水衣，准备要度过掌舵的下半夜。他对娜希玛说："很好，你现在可以去睡了。"他的声音变了，有种温柔，有种共患难的声调。娜希玛心头涌上一阵温柔的情绪，她钻进他的臂弯，头抵着冰冷的塑料防水衣。而他，停住不动了一会儿，然后离开她转向驾驶舱。在舱室的微光中，他把咖啡倒进保温瓶的平底杯。他也许没听到娜希玛喃喃地对他说了谢谢。

接下来的日子，娜希玛值班掌舵。她现在是船队的一员了，这是由安德里亚姆纳安排的。当他驾驶得够久，或想吃个点心，或只是昏昏欲睡时，就把头探进舱室，示意娜希玛“来吧”，小女孩便赶过去，连救生衣也没穿，赤着脚，只穿着向默格借来的航海毛衣，热忱而积极地跳进驾驶舱。她的牛仔裤口袋里一直留着一条红头巾，那是凯加斯有一次从墨西哥带给她的，她用头巾包住头发，巾尖在前额两旁形成两个小牛角，和他示范过的一样。默格开她玩笑说：“一个不折不扣的海盗!”可是，他觉得她很好看，黝黑的肌肤和那眉间在灯影下露出的一道小皱纹，使她有种野性的味道。

娜希玛最爱的掌舵时间是在中午前后，灿烂夺目，令人目眩神迷。“阿扎尔”滑行在海面上，不曾停歇的风吹得它微倾，主帆帆桁与水面齐平，浅浅地划下一道水纹，仿佛在水面上划开一条小沟。湛蓝的海水时而清澈见底，时而深不可测。绵延的波浪微微地轻颤，迎着船首奔来，撒下一片片白花花的水沫。娜希玛的目光不厌其烦地追随着一波一波的海浪，直到它们涌向船身并流过船底，随后消失在船尾，被后方的涡漩抚平。她记得，以前在碉堡的顶端，望着它们涌向海岸时，她把替每一波海浪命名当做是她的消遣。她努力回想那些名字，对着安德里亚姆纳高声念出：莱奥妮、诺埃米、阿利娅、玛哈利娅。他听着她说，一语不发，也不厌倦。她试着模仿他的姿态，双手紧抓舵轮，两腿微开，以便跟着船身左右轻摆。波涛就像亲密而体型庞大的动物，轻轻地触掠大船，把它稍微推向一边，她就必须调整舵轮以稳定航向。娜希玛想象着他们的航程将抵达非洲岸边，直到沿岸种满棕榈树的辽阔的白沙滩。

“那里有什么啊，在那边?”她后来问默格。他望着地平线。“要是我们顺着这个方向直走，就会靠近撒哈拉沙漠了。”他在甲板上摊开一张地图，娜希玛读着地名：“吉尔岬，伊夫尼，塔尔法亚港。”一些让人满脑子幻想的名字。“我们不到那里去吗?”默格一脸神往的样子，但是他回答：“对我们来说，那里太危险了，常有船在那个海岸失事。或许，将来有一天，我会带你去看看阿尔甘沙洲，那里有很多很多鸟。”

即将入夜时，娜希玛望见了陆地，在西边，一列黑色的岛屿在灰茫茫的天际现出轮廓。最初的一群飞鸟来到船尾上方啁啾盘旋，海燕，悲鸣的海鸥，水剃鸟。默格用他的望远镜观察群岛。“那是塞尔瓦任斯群岛。”海色深沉，有种冷酷残暴的感觉，娜希玛暗想那名字取得名符其实。为了避开暗礁，“阿扎尔”转向南方航行。没多久，夜幕就降临了，漆黑条状的天幕很快就掩盖了岛屿。有那么一段时间，海鸟的鸣声在船后的黑暗中回荡，呜咽的声音像是要引领旅人走向消失的岛屿，不久，大海再次包围了“阿扎尔”。

那一晚，娜希玛约莫在午夜时起身去值班。安德里亚姆纳把舵轮交给她，什么话也没说，但为了以防万一，他没下去睡觉，只是蹲在驾驶舱里，背靠着舱口围板。那是个冷冽的夜，繁星满天，大海的波光依旧粼粼，没有月亮，二十海里内的范围却清晰可见。突然间，从天顶撒下一阵流星雨。就着天空朦胧的微光，娜希玛看着安德里亚姆纳，他挺直了身躯，颧骨突出的脸颊往后仰，观赏这场火流星的演出。他始终动也不动，保持一种庄严又神秘的姿态，看来像在背诵一段祈祷文，娜希玛感到自己全身起了好一阵哆嗦。她的手没放开舵轮，而“阿扎尔”则继续它的航程，迎向隐而不见的长浪。她对着海说话，仿佛穿过这一片无边无际的汪洋能让娜迪亚听到，她嘴唇几乎不动地低声说着：“要是你能看到，要是你能和我一起在这里看到就好了……”

流星雨落了大半夜，几乎落到天明才停。可是，娜希玛却觉得时间只过了几分钟。轮到默格来掌舵时，她拖拉着身子走到甲板室，仅剩的力气，只足以脱掉救生衣和被浪花打湿的毛衣，然后她在地板上的靠垫躺下，倒头就睡。安德里亚姆纳和默格一起留在甲板室外，而那时，太阳升起了。

“阿扎尔”在特内里费岛整整停泊了三天。默格一开始就命令娜希玛留在船舱里，不准外出。她透过玻璃舷窗，望向窗外栉比林立的帆船桅杆，望着云后若隐若现、苍郁一片的高山。天气湿热得令她窒息。

第二天，她趁默格不在时离开舱室。外头的艳阳高照，天空一片蔚蓝。圣克鲁斯市是个小城镇，很像蔚蓝海岸一带的城市：高楼，层层叠叠矗立在山坡上像玩具的红瓦房屋，花团锦簇的园子，棕榈树，丝兰。

当她下船时，安德里亚姆纳什么话也没说。她沿着码头走进人群里，一些身穿水手服的人，一些身穿泳装的少女，还有习惯在信风吹起就来做日光浴的人。这一切看来有些滑稽。

日以继夜在海上度过了那么一段日子后，当她走在喧嚣的城市里，攀爬楼梯，被一群群小鬼挤来挤去，听见路口的汽车喇叭声，不禁让她晕头转向。不久，城市上空的云倾下一场雨，美妙而清凉，娜希玛津津有味地舔着唇边的雨水。被海盐和日晒灼痛的脸逐渐缓和了，紧绷的手臂与双手也得以放松了。

她选了一家博物馆躲雨，门卫没要她付钱就让她进去了。他讶异地看着这个女孩，黑黝黝的，发色因海水而变浅，赤裸的脚套着凉鞋，身上的男装因海盐而僵硬。他跟着她走进展览厅，站在玻璃橱窗之间。他说的语言悦耳动听，掺杂了一些残缺不全的英语字词。他带她去看了石器、陶器残片、珍珠、贝壳，然后去看关契斯人的颅骨，上头还粘着几绺金发。在某个橱窗里，有个重建的熔岩洞穴，里头坐着一个木乃伊，有着被锉尖的牙齿。一旁告示牌诉说了这个捕鲸民族的历史：他们唯一的武器是用火烤硬的木制鱼叉；他们演出戏剧、吟唱诗歌；他们逃到火山顶是为了躲避西班牙来的侵略者；他们最后成了俘虏。娜希玛走在这些古人的遗物之中，想象安德里亚姆纳也和这些人类似，来自某座岛屿，和他们一样是如此温驯、神秘而忧郁。这使她想要掉眼泪。

雨停了。娜希玛走出博物馆，爬到城市的最高处的一个小广场，有座小教堂盘坐当中，从那里可以望向无边无际的大海，看到幽暗的海滩。

下坡后，她饿得发慌。小径里阵阵飘送着食物的香味，她这才想到，自己从早上就没吃东西。她在一扇打开的窗前停下脚步，闻着烤鱼的香味。她那样盯着食物的眼神，使得一位妇人递给她一盘满满的菜肴，辛辣的味道就如同以前娜迪亚煮的一样。她在石阶上坐了下来，而那位妇人静静地看着她。如果可能，娜希玛很想走进屋里，也许还想留下来，睡一觉。她感到内心有种不确定，有种想要停歇、遗忘、回家的需要。或许她可以请人帮忙打电话给谢里夫，找人来接她回去。于是她走回博物馆，想请门卫帮忙，可是当她到达时，大门已经关上了。

默格在码头上等她。他大步走向她，抓住她的手臂，一言不发，就直接拉她走回“阿扎尔”。她的手臂被他抓痛了，看来他是真的生气了，娜希玛从没见过他这种模样。她成功地甩开他，一直跑到她的舱室，然后把自己关起来。她觉得自己像个囚犯，可是，与此同时，回到船上也让她松了一口气。她眼眶充满了泪水。

过了不久，傍晚时分，安德里亚姆纳来敲门，带来一个托盘，上头是一盘虾米饭。他很温柔，脸上有种奇怪的表情，看来像是等她等累了。娜希玛并不饿，可是她不敢拒绝。之后，她把饭扔到舷窗外，然后到厨房去洗了盘子。

入睡前，娜希玛试着回想一切，自从她登上“阿扎尔”后所发生的种种事情，然而上船的那一晚显得非常遥远。她试着想象娜迪亚这时候正在做什么，可是疲倦使她越想越糊涂。她连自己是怎么来到“阿扎尔”的，也都记不清楚了，仿佛默格和安德里亚姆纳本来就是她的家人，而她决定和他们离开，一起去度个长假。睡意包围了她，在床上，她耸耸肩，低声说：“以后再说吧。”这是她很久很久以前的格言。

“阿扎尔”开始越洋的航程了，娜希玛却没察觉。在她和世界的另一边之间，除了海洋，还是只有海洋。

一切的一切都变得缓慢、冗长、沉静。甚至连默格都变得和安德里亚姆纳没两样，一言不发，静待在舵轮前，或坐在上风处的甲板上，沐浴在阳光下的脸庞，随着日光从明亮转为黯淡，而他保持着一种古怪的笑容、茫然的眼神。轮到娜希玛掌舵时，他仅仅是走开，什么话也不说，径自坐到甲板室门口，望着尾涡抽烟。

没有人说话，谁也不和谁交谈，只有娜希玛，为了摆脱大海和风的威力，偶尔会说上几句话。日复一日，不变的仍是那一片深沉的汪洋，与世隔绝。有时风力增强了，必须收起帆布，卷起艏帆，张起暴风雨三角帆。现在，娜希玛对这一整套操作动作都了若指掌，而且最敏捷地去做这些的也是她：跑到桅杆前，解开缆绳，留意帆布的卷动，再锁紧系索座栓。

她撑开脚趾，稳稳地紧扣住木头甲板。她可以不用吊轮，用脚掌撑在光滑的木头上，一下子就爬到桅杆的顶端，也不会头晕。相反地，当她人在上面，就在自动领航的风标旁时，是她觉得最舒服自在的时刻。风从她耳边呼啸而过，大海仿佛是个圆盘，轴心就被她握在怀中。她待上很长时间，在大船的上方缓缓地摇摆，觉得自己就像只小鸟般自由。炙热的阳光灼烧她的脸颊，使她不由自主地流泪。

滑下来后，她筋疲力尽地在甲板上躺下来，正好待在风帆阴影下。

做饭给两个男人吃的是她。默格最后接受了，因为娜希玛只是一五一十地按照安德里亚姆纳的烹饪方法做出白饭加上虾米。反正，储存的食物里也没有别的东西。她为他们挤大杯的柳橙汁，用电动压榨机绞碎冰块放进杯里冰镇，然后送到甲板上给他们。可是，她不准他们抽烟。默格自己决定少抽他的小雪茄，而安德里亚姆纳，只在夕阳西下时点上一根烟。

她问他们问题，关于大海的面貌，关于云朵，或者是关于星辰，一些默格回答不出来的问题，而安德里亚姆纳，也许知道答案，可是却不说话。只有一次，在某天傍晚，他向娜希玛指出地平线上一颗闪亮的星星："天社一，"他说，"在麦加的上头。"

娜希玛处在一种持续的兴奋状态中。天刚破晓，她就到船尾，观看远方的天际逐渐地泛白，而船行过处的海水仍然黑沉沉的。她等待着太阳升起。经过一夜的值班，默格和安德里亚姆纳还在睡觉，舵轮定在自动领航点上。娜希玛是大船上唯一的女主人，命运交付在她手里。在她短暂的生命中，这类的事从未降临在她身上过。

当太阳的火轮蹿起时，一道耀眼的光线射进她的眼里，注满全身，是那样神奇，却又引人发痛。海水此时呈现出黄玉般的色彩，清澈透明，海面闪烁着一片金光。天气随之转为燠热，不是在陆地沙滩上那种熏人的温热，而是一波波灼人的热浪，乘风而来袭向她的脸庞，而在这道光线下，主帆显得鼓胀起来，被推往世界的另一端。

每一天都是炽热的。开始越洋后，娜希玛便无法洗澡，储存的淡水是供饮用的，仅有微乎其微的咸水，从甲板上的一根水管里流出，娜希玛就着擦洗脸庞和脖子，快速地把潮湿的手伸到衣服底下抹过。安德里亚姆纳没有胡须，或者，该说是他拔毛拔得很仔细，用一根总是随身挂在他的颈链底端的金夹子。默格却满脸灰白的胡须，那给他一种电影里老海盗的调调，长发因海盐而黏在一起。安德里亚姆纳红得泛黑，眼睛眯缩成两道细缝，就跟爱斯基摩人一样，微笑的时候，亮出一口雪白的牙齿。娜希玛心想，他们这三个人大概很像野人，像两栖动物，准备消失在大海中。

越洋的第六天，将近中午时，娜希玛瞧见一样东西，忍不住尖叫了一声。一座城市，一座城堡，慢慢地从左舷边的地平线上跃升，显现出高高的圆塔和防御城塔，一根根旗杆上扬着一面面皇家军旗，像个漂浮在海浪上的金属幻影。娜希玛的尖叫声唤起默格的警戒心，他拿起望远镜察看。“没什么，只是个石油钻探平台。”

“阿扎尔”拐了个大弯。有那么一刻，钢铁城堡离得很近，遗世独立，荒无人烟。娜希玛清楚地看见涌向柱石的波涛喷溅成水花。接着平台就在船后消失，被一波波的浪潮掩盖了。许多天来，这是娜希玛首次看到属于人类的东西，一堆问题顿时一同涌上她的嘴边。她想知道，有没有人在平台上？这个东西归谁的？那人去了哪里？默格耸耸肩。他一概不知，也不在乎。

白日漫长，不清楚是怎么开始的，又是何时开始的。大海、天空不断地移动，而“阿扎尔”的桅杆却静止不动。拂晓时分，地平线若隐若现，一会儿后，海面光芒四射，然后，再过一会儿，轻雾为一切笼上一层白纱，或是西边的云朵慢慢成形，鼓胀成神奇动物的形状，互相拉扯、撕裂。海洋出奇的空旷。娜希玛仰着头航行，沿着舱口围板躺在甲板上，以便能把天空看得更真切。或者，她靠着舷缘俯下身子，审视每一波浪潮，试着看穿海水幽深处的动静。一天早晨，“阿扎尔”横穿过金枪鱼游经的路线，成列的金枪鱼在贴近水面的地方游过，鱼身闪耀如金属一般。“它们在猎食鲷鱼，”默格解释说。其中一条鱼突然跳到惊人的高空中，击中了后桅纵帆的尖角，然后落在甲板上。顷刻间，安德里亚姆纳已经扑在上面，把刀子插进鱼头。之后，他用手挖空鱼腹以供午餐享用。他把鱼的内脏当钓饵，引来了一条鲷鱼，后者也遭遇同样的命运。“时候总算到了，”默格做出评论，“我可无法再多忍受一天这些该死的虾米。”

剩下的内脏被扔到海里，娜希玛看到尾涡冒着水泡。一些硕长暗黑的形体像蛇一般滑过。“那是鲨鱼，它们跟着我们好多天了。”娜希玛望着恢复波平如镜的海面，感到自己起了一阵轻微的疙瘩。她无法再以相同的方式来看待大海了。“阿扎尔”滑过的是满布怪兽的深渊，能将它隔离的不过是一层薄薄的船壳。

当时，天空没有一片云彩，海水湛蓝。每一个细节、每一个浪峰、每一道波光都看得见，都被地平线截开的圆所包围着。在一张印着大西洋的大地图上，默格为娜希玛指出“阿扎尔”遵循的航线。“我们就在北回归线下面，在北纬二十度和十五度之间。我们同时被海流和信风带着往前走。这是一条相当狭窄的航线，往上一点，我们就失去海流，往下一点，就会走到货轮的航线。他们是不会当心任何人的，要是走到他们的航线上，算你倒霉。他们的船是自动领航的，船员不是在睡觉就是在打牌。”

娜希玛仔细地审视地图，上头草草标着一些过去的航程记录。面对辽阔的海洋，默格也好似满心向往：“没有比这条航线更好的路了，”他说，“我们在两个世界间向前航行，不属于任何一边，连是否会走完全程都不确定。这里和沙漠一样，没有名字，没有记号，不属于任何人，它没有历史，永远都是崭新的。”

“您第一次越洋是很久以前的事了吗？”

他看来像在沉思。

“太久了，”他说，“第一次时，你还没出生呢！我那时该和你现在同样的年纪，也许大一些，也许小一点，我搭上第一艘货轮，当见习水手，那是一艘名叫‘阿梅里戈·韦斯普奇’的船。我在纽约下船，算是埃利斯岛最后一批移民之一。”

“您不害怕吗？”

“我很害怕，是的，我以为自己再也回不来了。”

娜希玛试着想象当时的默格，那时他凝望着大海，看着每一波浪潮将他和熟悉的一切分隔开来，逐渐远离一切。波浪依旧，大海依旧，时间并没消逝。

默格折起航海图，回到掌舵台。有那么一刻，他变得温柔起来，而这会儿，他又再度面无表情。

娜希玛喜欢到船头去，那里最让人感到孤独。她待上好几个小时，几乎纹风不动，凝望着空无一物的地平线。海盐侵蚀她的肌肤，连嘴唇都流血了。她的眼皮有点发炎，感到自己的衣服隐含着沙粒。她用一条默格给她的凡士林棒滋润嘴唇。她的眼睛眯着，就跟安德里亚姆纳一样，剩下两条供光线穿透的细缝。当她想躲避太阳时，就待在船帆的阴影下，或者躲在甲板室里。掌舵时，她穿上一件在默格的壁橱里找出的长袖衣服，并且缠了头巾绑住头发。她很想洗个舒服的澡，或是跳进像庞讷德皮夏天时的小溪那种清凉的河里。她渴望轻柔的雨丝。

然而，最让她苦恼不安的却是寂静。她试着仿效这些男人，尤其是安德里亚姆纳，黑褐色的脸庞，透明的眼睛对任何东西都视而不见，好像是属于另一种生物。

没有人想听她说话时，她便走到船头，走到自己的地方去。在那儿，她偶尔会觉得听见了一声鸟鸣，或是呼吸声，也许是树叶间的风声，或是小孩的声音，以及听来像是某个女人在海里传出的歌声，这时，她会惊吓地直起身体，神经紧绷地戒备起来。可是，眼前只见“阿扎尔”的船首沉入水中，扬起水花，桅杆侧支索嘶嘶作响，船帆颤动不已。不过如此而已。

夜里，寂静使她无法成眠。她倾听近在耳边的每个咯吱声、每个劈啪声、每次海浪拍打船首的撞击声。她尝试数海浪，像从前那样为它们各自命名。可是，那是“阿扎尔”的意志，她必须屈从自己去适应，必须留在自己的位置，把头靠在船壳的压舱龙骨上，像是身在某个异常庞大的动物腹中。

某天下午，她不再知道是哪一天了，第十二天或第十八天，她看到了一艘船，就在正前方。

距离不到一百米的地方，起伏的波涛中出现了一艘小帆船，几乎不张帆地往前航行。娜希玛大叫告知他们，可是没有人回答：安德里亚姆纳在甲板室里睡午觉，而默格人坐在驾驶舱里，把航舵定在自动领航。娜希玛一直跑到船后头，激动得喘不过气来。她让默格站起身子，把帆船指给他看。船离得很近，位于接近右舷的方向，被“阿扎尔”的前帆挡住了。一艘独桅帆船，只有一根桅杆和一面三角帆，那种在周日会到费拉角海上漫游的船。在那边船上，娜希玛看得到两个身影，却由于阳光，看得并不清楚。默格用望远镜瞧：

“他们在干什么？他们需要帮助吗？”娜希玛激动得人都颤抖起来了，“他们还好吧？”

默格把望远镜递给她。

“没什么事，他们跟我们走的是同样的航线，我们会超过他们的。”

在望远镜的圆框视野里，娜希玛看到帆船倾向一边，影像微微颤动，有两件黄色的防水衣，也许还有个女人。娜希玛挥着手大叫，可是默格训了她一顿：

“你是怎么了？他们会以为是我们需要帮助。”

那艘船上没有人响应。默格轻轻转动舵轮，“阿扎尔”乘着后方吹来的风，在海浪上更快地往前奔驰。当娜希玛再度眺望时，小帆船已经远远落在后头了，每一波上涨的波涛都把它遮挡得更不可见。半个小时过后，小帆船完全消失不见了。

很长一段时间，娜希玛待在驾驶舱里，凝望着随入夜渐趋阴暗的海面。突然间，她有种不安，一种忧伤与空虚的感觉。那些人待在那么小、那么轻的船上，航行在无边无际的汪洋中，而这也正是“阿扎尔”的写照，没有理由、没有目的、毫不确定地航行。她的喉头发紧，她忘不了那些人。她很需要听到人的声音，感受一个眼神带来的温馨。大海如此冰冷，而安德里亚姆纳站在岗位上，准备投入夜的怀抱，仿若某个时代的战士；默格坐在甲板室里的航海图桌旁，亮着小灯，正在图上记下标记的数字，或者正以潦草的蝇头小字填写航海日志。为什么他们和别人如此不同？为什么那么尖锐、那么无情、那么自信？

娜希玛需要知道。她直挺挺地站在默格面前，大胆提出问题：“我们什么时候会抵达？”默格闪过一丝挖苦的神色：“我们什么时候会抵达哪里？”

清楚明白。娜希玛仍然站在他面前，双手在腹部交握。她不知道说什么好。那是她的错，是她自己想登上“阿扎尔”，想抛开一切，遗忘一切，失去娜迪亚的爱。

默格继续把数字转记到航海图上，用圆规测量航行过的距离。为了写字，他戴上他的半圆形眼镜，看起来像个老鞋匠。

当他再度抬起头来，看到娜希玛的表情，他的内心深处悸动了。他握着她的手，让她坐在身边的长凳上。“嗯，怎么啦？”

娜希玛努力微笑，可是她呼吸困难。在甲板室里，缓缓摇晃的大海，加上笼罩的夜幕，使她觉得放松了一点。她开始说："是这艘船……太可怕了。"可是，她也不清楚自己究竟想说什么，只是一种奇怪的感觉，当她看到那艘帆船有如鬼船在远方消失时，某种东西也从她身上离开了。

默格关怀地看着她。她登上"阿扎尔"这许多星期以来，他并不真的有时间来关心她。她是只小动物，某种类似猫、松鼠的东西，什么也没问地就自己溜上船，然后找到个角落作为栖身之处。除了阿尔邦以外，没有人对她的存在发表过意见，她仿佛一直都在那里。

"我跟你提过我的女儿吗？萨里塔。我想跟你谈谈萨里塔。"默格说。她没回答，看着他。"她应该跟你一样大了。我从没去见过她。"

娜希玛仔细听着。默格的口吻不再像往常那样嘲讽、凶恶。他在回忆里搜索，他说着和他的妻子一起生活的时光，那时他的女儿还是个婴儿。萨拉很爱他，他们的未来一片光明美好，住在加州的一栋房子里，在科罗纳多岛上，每天他们都把萨里塔放进篮子里，两人各抓一边的篮柄，在海滩上散步。听他叙述是种奇怪的感觉，昏暗的甲板室里，小台灯在航海图上投下一圈黄色的光晕，海水起伏荡漾，海风极为轻柔却绵而有力，仿佛筋疲力尽一般。娜希玛不再感到焦虑了。她蜷缩靠在默格的肩上，耳听他胸腔中回荡的声音，和大海的乐音、风的声响交织在一起。那使她昏昏欲睡，眼睛的灼痛感舒缓下来，体内的空洞感也因此愈合。听着默格谈萨里塔，她梦见自己回到了过去，暴风雨笼罩下的庞讷德皮，那时一切都如此简单，她躺在大床上的父母中间，聆听雨滴流淌到屋檐沟槽的声响，以及把大树吹弯了腰的风声。

大海里的日子，没有一天是相同的。有一天，“阿扎尔”遭遇一片死寂的平静。娜希玛满身大汗地惊醒过来。太阳尚未真正升起，船舱里却热得令人窒息。船不再前进了。

默格躺在甲板室里，靠着垫子睡觉，不过安德里亚姆纳却仍在驾驶舱的岗位上，坐在侧边的长凳上，以左脚的脚趾掌舵。那是习惯性的动作，因为大船不需要人操纵方向。它缓缓地驶离航道，空荡荡的主帆垂挂在帆桁上。

娜希玛走到甲板上，木质板面已经发烫。船身四周的海面平滑，水色暗沉深幽，微荡的水波徐缓顺畅地滑过。每一道流经船壳的海浪都发出一声暗响，一声深深的叹息，而大船就像忍受痛苦般地嘎嘎作响。

这种时而被沉重的冲撞打断的平静令人不安。安德里亚姆纳的脸上带着梦游的神采，大海的迟缓盘踞了他的心神。娜希玛试着对他说话，就只是几句试着唤醒他的话，诸如“我觉得天气挺热的”，但是他没反应。太阳穿透了轻雾升起。天空接着变成铅灰色，而“阿扎尔”在一片酒红色的海水中静止不动了。

娜希玛在船首坐下，两条腿伸向空中，望着死气沉沉的大海时，她突然恍然大悟。她一直都没想到，可是心中把日子盘算了一下后，她便确定无疑了：这一天正是圣诞节。

这使她惊讶得愣在那里好一会儿。反正，她想，她又能怎么样呢？“阿扎尔”驶离航道，来到一片阴暗的水域，一丝风也没有。而这天是圣诞节。

她从没经历过如此的圣诞节。这一天，并不像在过节，而像在世界的边缘，放眼望去，什么也没有。同时，这一天毕竟是圣诞节的想法，使她有种醺醺然的感觉。过去正常生活的影像、记忆、五月路上的公寓、谢里夫的家、学校，以及她凝望过港埠的海防巡道，又历历在目。

娜迪亚从未错过庆祝圣诞节。什么都不相信的她，唯独在这一天会停止宣战。套上蓝围裙的她，一大早即开始准备食物，就好像会有许多亲朋好友即将到访似的，其实，不过只有她自己和娜希玛而已。米饭配上调了辣味汁的鸡块和小扁豆。娜希玛一起床，就闻到好东西的香味：大蒜、藏红花粉、姜黄粉。她走进厨房，在娜迪亚放过辣椒蛋糕的盘底蘸蛋糕屑吃。在她家，没有圣诞树，也没有花环，毫无诸如此类的玩意，有的只是那种气味，那种透露某个她和娜迪亚都从未去过的岛屿的气味。

面对空旷无际的大海，一片静寂，过去的一切又回到她脑海中，鲜明得足以让她以为闻到了用餐时的香味，耳中听见了油炸时的哔剥轻响，这使她肚子一阵难过。好一段时间，她难过得想哭，呆坐在船首，宛若某个坐在礁石上的遇难者。

“阿扎尔”的四周全都被延展的红褐色的海藻包围，是海藻滞缓了海水的流动，妨碍了风力。一朵低垂的云掩住了地平线。天气炎热，辉映阳光的海面呈现一道道的光环，沉浮海中央的太阳则如同不知名的星宿。

娜希玛感到有只手碰了碰她的肩膀。她以为是默格来和她说话，她转身，看见的却是安德里亚姆纳。他在她背后，保持蹲姿，注视大海。他的眼神不再空洞了，眼底透出热情的光彩。他面带微笑，指着海藻说："马尾藻。"

娜希玛说："今天是圣诞节。"

安德里亚姆纳点点头。或许他也留意到了，独独默格不在乎，还在休息室的靠垫上呼呼大睡，热昏了头。大概他前一晚喝多了，杜松子酒的瓶子和平底杯还摆在一旁。

娜希玛并不怕在安德里亚姆纳面前显得稚气："来吧！安德里亚姆纳叔叔，我们来为圣诞节准备点东西，您来帮我吗？反正，没有别的事好做，船又不动。"那是她首次叫他"叔叔"，就这么自然而然地脱口而出，连她自己都没意识到。她觉得这称呼很适合他。

他们一起用钩竿捞马尾藻，挑选最长、最漂亮的，把它们圈成环状挂在桅杆上。红色、褐色的长海带和鼓鼓的浆果，搭配起来可以当做美丽的圣诞节冬青树花环。除此之外，还有一些小丛的海藻，几乎是红色的，娜希玛拿来系在甲板室的门上。

默格醒来时，呆望着那些悬吊在甲板上的海藻，那一脸糊涂的表情，使娜希玛忍不住大笑出来。她对自己的杰作还算满意。她从未度过像这样的一个圣诞节。

持续一整天的时间，"阿扎尔"继续漂流，或颠颠簸簸，或乘着长浪前行，主帆像一层死皮一样没有生气。由于海藻的关系，默格不肯发动引擎。

他待在休息室里，坐在桌前的长凳上，紧盯着航海图。他不理解自己怎么会在这块海域中迷航。

安德里亚姆纳待在甲板上，用一条湿毛巾敷在脸上，隔开蔓延的热气，在最热的时候睡去。再也没有人等待风的到来。

对娜希玛来说，这是她有生以来最漫长的一天，这个用马尾藻装饰的圣诞节，待在一艘如幽灵漂流的船上，只有大海缓缓的呼吸声，来自幽深处的叹息声，和正翻腾骚动的海藻的劈啪声。她等待每一秒钟的流逝，望着光线的游移，闻着如死人般的呛人气味，她滑进海洋，变成了半人半鱼，在两个世界之间摇摆不定。

暮色终于来临，红通通的，夜与天空、大海同时现身。雾，丝丝缕缕地飘散，地平线或隐或现。身在如此血色的天地之间，悬在现实世界之上，那份美使娜希玛一阵目眩神迷。

“这是独一无二的，”默格低语。娜希玛听得如此清晰，还以为这些话是他将嘴靠在她耳边说的。然而他却在甲板的另一端，靠近甲板室门那里，寂静强化了最细微的声响。娜希玛觉得听到了他的呼吸声。

“这应该要和我们所爱的人一同分享。”他的声音温柔低沉，他从未这样说话。娜希玛并不确定听到他所说的话，也许是她瞎想的，她猜测了他的话语。安德里亚姆纳坐在他身边，脸庞被夕阳染红了，双眼啜饮着神奇的色彩。

那一晚，他们享用了娜希玛准备的晚餐，藏红花粉饭（没有虾），用罐头咸牛肉烹调的肉丸，以及著名的辣椒蛋糕，那是用默格的墨西哥辣酱做的。娜希玛还成功地做了一种巧克力布丁，撒上花生屑，淋上炼乳。他们讲究礼节地用餐，之后便坐在驾驶舱里，呼吸些微清凉的空气。轻雾掩住了星星。夜是那么黑，那么静，娜希玛趁机在甲板上点了两支蜡烛，烛火几乎毫不摇曳。大船静卧在海藻之中，两盏微弱的火光，仿佛是从黑暗中钻出的两颗星子。

那一夜，稍晚的时候，默格用他的音响放出音乐，传来的并非是他平常爱听的爵士乐，而是一段轻柔绵长的非洲音乐，如行云流水。更奇怪的是，音乐回荡在离一切如此遥远、如此偏僻的大海中，仿佛是世上唯一有生命的东西。不再有陆地，不再有人类，只剩一艘在枯藻中浮游的大船。

默格喝了威士忌和红酒，安德里亚姆纳则是除了他的矿泉水以外，什么也不喝，娜希玛只用唇沾了一下平底杯里的杜松子酒，可是他们都同样醉了，醉在孤独里，醉在沉寂中。有一会儿，娜希玛和默格在驾驶舱里共舞，随着非洲竖琴的节奏，徐缓地，跳一支感官之舞，她紧靠着他，直至天旋地转。天气如此炎热，船舱内让人无法忍受。娜希玛把靠垫放在外面，以便过夜，她把头靠在默格的肩上，感到自己被抱着，就这样睡去了。安德里亚姆纳靠着甲板室的门，蜷缩得像一只猫，也睡了。蜡烛独自在略微融化的平底杯中熄灭了。黑幕沉沉，没有半点星光。只有波浪沉重地卷过时，细浪发出汩汩的响声。那一夜，默格没睡。他依旧坐在自己的位置，动也不动，怀中是娜希玛轻微的重量，他张大眼睛，等待着风。

黎明前，起风了，下起了温热的细雨。当默格把娜希玛抱到前舱的大床时，她还在梦寐之间。她感觉得到长浪的起伏晃动，听见了风帆劈啪的响声和绷紧的缆绳发出的振动声，这些令人心安的声音让她坠入梦乡。甲板上传来一阵赤脚碎步小跑的声音。安德里亚姆纳和默格忙着绞帆，绞车的马达嘘嘘作响，那是一段甜美的音乐。“阿扎尔”再次上路了，它轻越过波峰，发出愉悦的咯咯声，左摇右摆地滑向波谷，再也没有什么能妨碍它抵达美洲了。

三天后，在湛蓝海水的汹涌波涛中，在白云层层密布的天空下，“阿扎尔”抵达了。娜希玛在自己的地方，在船头前帆的阴影下。她一大早就守在那里。她醒来时，安德里亚姆纳便对她说："我们到了。"他怎么会知道？他从不看地图、不理仪器。是他的本能告诉他的，一如小鸟认出它们即将靠近旅程终点的河流、树木。

默格全面扬起风帆，使"阿扎尔"能全速前进，"阿扎尔"也直往前冲！

它微倾向一边，甲板与水面齐平，所有的帆都在风和日丽中饱满，不费劲地在波峰浪谷间笔直疾行，划出一道平整的波痕。默格站在安德里亚姆纳旁边，他们各自用手握着舵轮，光芒刺得眼睛流下大颗大颗的泪珠。

中午时，娜希玛瞥见一样东西。当你在海上待上好一段时日，放眼望去仅是一片汪洋、海浪的各种风貌、海流，以及细如一条线的天边时，你将能辨识出最微不可见的新鲜事：一群浮游水面的金枪鱼，或在船首前跳跃的飞鱼，一个漂浮的垃圾，一个老旧的塑料桶，或偶尔在远方出现的角鲨鱼背。娜希玛看到的却不一样。那是一长条流苏状的泡沫，就在"阿扎尔"的正前方，如瀑布倾泻而下的水线一般。过了一会儿，泡沫的上方出现一条绵长的深绿色镶边，娜希玛感到自己的心脏怦怦地跳了起来。安德里亚姆纳直跑到船头，向来冷漠的他似乎也感动了，他朝地平线伸出手："你看，娜希玛，我们到了！我们到了！"

轮到默格来了。他说："那是碉堡岬。没错，我们到了。"他在航海图上指出迎向他们的长指状陆块给娜希玛看。

娜希玛待在船首。风依旧强劲有力，但是大海却变了样。浪潮这会儿涌向陆地的岬角处，一如江河被一湍急流卷着往前流。"阿扎尔"随海浪的速度前进，毫无挂碍、平稳无声地靠向了陆地，精彩极了。

飞来了第一批向他们打招呼的鸟，它们在风中欠身，尖锐而聒噪地鸣叫着，而他们是那么久没听到生命之声，因此认为那刺耳的叫声很悦耳。

岸边传来嘈杂的人声。“阿扎尔”笔直地往岬角前进，娜希玛已经看得到被风吹得点头不止的树木、灌木丛、红色钢板的屋顶和一座灯塔。她听得到每一波浪花击岸后的哗啦声，从未有声响令她感到如此愉悦，而同时，那也是旅程告终的声响。

之后会发生什么事？娜希玛心想应该上岸和人说话，编个故事给警察听。有一天，在圣诞节过后，默格就跟她说过了：“我们抵达之后，到时候你不能说是跟我们一伙的，否则我们——安德里亚姆纳和我，会有麻烦。”娜希玛没回应，他又补充说：“这将是我们的秘密，你明白吗？”

她思索了一下，接着她郑重地说：“任何对你们——你和安德里亚姆纳叔叔不利的事，我永远都不会说。”

海岸近得她能把每一块岩石看得一清二楚。有些人在岸边钓鱼，一部脚踏车被扔在荆棘丛里，某条路上有些往来的车子。

默格把舵轮往左转，“阿扎尔”一下子就改了航向，主帆与风向平行，接着又从另一边迎上了风，进入一个小岛前的航道。皮特尔角城的港湾出现了，白色的房子如繁星点点，面对着翠绿的大海。那是娜希玛首次在船抵达时待在甲板上，手里拿着一根操作用的钩竿，仿佛真是船队的一员似的。

“阿扎尔”收起所有的帆，发动马达，傍着一艘上头写着“西普利亚”的巨大货轮进入海港。

第一个跳上陆地的是娜希玛，是她把系缆环套上缆桩的。码头上有些好奇的人，一些身穿泳衣的黑人小孩笑着走近她。在海港的水中，娜希玛还见过一次尾随他们直到海港的鲨鱼起伏摆动的身影，之后它们便回到大海去了。旅程圆满结束。可是，当她想在码头上行走时，却感到脚下的地面在移动，她不得不返回船上以免跌倒。

纳各纳的一场暴风雨

每天傍晚，天空中的云朵开始聚拢。等待影片开拍的这几个月，默格度过了一段无忧无虑的生活，这是他在年少阶段后就不曾感受过的。

“阿扎尔”从一个岛航向另一个岛，每天晚上都在新的港口、新的停泊场下锚，有时只是个避开了风吹及观光客干扰的熔岩石切出的小湾，涌着清澈海水的月牙形的白沙滩，还有椰树枝叶如乱发丛生。圣克鲁瓦岛，圣基茨岛，蒙塞拉特岛，巴布达岛，安提瓜岛，安圭拉，多米尼加的罗索市港，圣卢西亚，圣樊尚角，圣托马斯岛，特科斯和凯科斯群岛，伊纳瓜群岛，直到牙买加的金斯顿市港。“阿扎尔”船尾扬着马略卡岛的旗帜，顺着信风周游四海。默格自由自在，既没有义务，也没有约会，更没有礼节束缚。他的船队编制简化了；安德里亚姆纳站在甲板上，像个马来的海盗；娜希玛在船首，一身和她的肤色混合的黑泳装，仿佛海里冒出的生物。

目前，这是默格对她的看法。经过了长途的越洋旅程，他不再把她视为闯入者，甚至全然忘却她必须离船而去。仿佛这是他头一回发现她。她不再是那个害怕、羞赧的小女孩，在开航那天假扮成男孩，蜷缩在甲板上的一角，总是足不出户，仿佛人家真会把她丢到海里似的。

她变成一个年轻少女，脸上仍微带稚气，可是身材修长，肌肉结实。她一直生活在甲板上，一有机会就跳进水里，在海洋中张大眼睛游泳，那使她获得一种全新的力量和胆识。她的焦虑和恐慌全都消失得无影无踪，一切熟练老到的水手动作，她都能轻而易举地操作，她的手掌因不断拉动下后角索而长满老茧。她忘了娜迪亚一再教导她的廉耻准则：她几乎全裸地出现在这两个男人面前，偶尔一丝不挂，丝毫不感到难为情。眼见她的身材轮廓，默格感到很惊讶，几乎看不到乳头的年轻乳房，浑圆的后腰，尤其是她优雅的一举一动、腿部修长的肌肉、脊椎骨处深凹的沟线。娜希玛和萨里塔登上“阿扎尔”时一样，好玩，暴躁，傲慢无礼，她妈妈只允许她上过那么一次船。他有时会忘了娜希玛不是他的女儿。

娜希玛并不严肃，那个满脸庄严神秘的年轻女孩，瞬间脱胎换骨成好动的小孩，她放声大笑，开默格玩笑，在他想捉住她时逃到桅杆的上头待着。

为了躲开七月的飓风，默格决定开往美洲大陆避一避。在巴拿马海岸的圣布拉斯特区，他雇用了一名年轻的库纳印第安人，作为航行群岛的水手。这是个十五六岁的男孩，名叫伊菲杰尼欧，矮小结实，圆圆的头颅，顶上剃得光光的。娜希玛觉得他长得像个爱斯基摩人。

在遍布一摊摊沙洲的浅水中，“阿扎尔”由小男孩掌舵前进。船沿着林木森森的岸边行走，从一个岛到另一个岛。伊菲杰尼欧很清楚错综复杂的航道及暗礁，他知道在什么地方可以补充饮用水、哪些岛屿允许旅客上岸。取得在纳各纳外海的礁湖区抛锚允许的人就是他。

娜希玛很满意这个和她年龄相仿的新伙伴。她以打手势或扮鬼脸来跟他沟通，他也如法炮制地回应，然后两人一起放声大笑。

接着是佐薇的到来。在穆拉图波岛，印第安人卖给默格一条翡翠绿、六英尺长的蟒蛇，他把它关在甲板室室口的一个箱子里。他们带它回纳各纳。

“这将是我的看门狗，”他开玩笑地说。

负责照料蟒蛇的人是娜希玛。为了养它，默格买了鸡肉和鸡蛋，那条蛇相当干净利落地压烂后一口吞下，一星期吃一次，其他时间它都在箱子里睡觉。

“它叫什么名字呢？”娜希玛问。默格耸了耸肩膀，她因此做了决定：“我们把它叫做佐薇。”她毫无理由地确定这条蛇的性别是雌的。为了快速打断所有的讨论，她补充说：“卖蛇的人在蟒蛇前面用的可是阴性冠词。”

蟒蛇变成娜希玛的朋友。当船下锚时，年轻的女孩在闷热的驾驶舱里待上一整个下午，躺在那儿看着长长的蛇身静静地栖息在靠垫上，她的脸和方形的蛇头紧靠在一起。她轻声地跟它说话，低吟地唱歌给它听。她声称蟒蛇很喜欢音乐。娜希玛为佐薇放默格的非洲音乐录音带，那段他们圣诞夜听过的竖琴和鼓的音乐。默格打趣说：“你不知道蛇都是聋子吗？”可是娜希玛完全不信，从佐薇微微摆动着头，好像在打节拍的样子，她看得很清楚，它在听音乐。

娜希玛跟它一起玩。她让它盘绕着自己的身体，直到蟒蛇把头搁在她的头上，一如为她戴上冠冕，默格说她那模样像个非洲女祭师。当热气散去，娜希玛就把蟒蛇抱到外头，让它在阳光晒烫的甲板上伸展肢体。

下午，他们准备到喇叭形河口湾游泳，就在纳各纳对面。娜希玛要求带佐薇一起去，她抱着蛇头，伊菲杰尼欧抱着蛇身中央，两人一起把蟒蛇带到橡皮艇里。默格一直划到河的上游，一个红树环绕的淤泥滩，到了那里，娜希玛跳进暗沉沉的咸水中。上方的森林传来簌簌的声响，带着威胁感，然而，在一个香蕉树环绕的小丘上，有几间由树枝搭建在桩基上的茅屋，印第安人去钓鱼或工作时就住在那里。

河水清凉，娜希玛愉快地游泳。一些小孩来到河滩边，起初感到害怕，后来也都泡进水里了。近黄昏时，暮色开始笼罩树下，天际聚集了暴风雨将临的云团，偶尔亮出忽明忽灭的电光闪闪。

默格潜入水中，然后爬上橡皮艇晾干身子，他注视着那两个游泳戏水的年轻人，他们的尖叫声和笑闹声在河滩四周回荡，引来小鸟的回应。这是一幕天地太初时的景象，那样强烈，近乎野蛮。默格坐在小艇边上望着，心下感到一阵气恼，觉得自己被排除在外，因为他的年龄、经验和悲哀而被人晾在一边。而同时，他却又有种幸福的感觉，把他一切的失败和苦涩感都抹去了。娜希玛不需要词语。她本能地进入这个世界，和森林及河流的生命接轨。也因此，她能接近蟒蛇，跟它说话，变成它的盟友，和它结合，身体相互缠绕，头靠着头，直至合为一体。而现在，她和伊菲杰尼欧及小孩子们一起游泳，仿佛她一直都能这么做似的。和这份欢乐相比，荣誉、金钱、成功又有何价值呢?

他们结束嬉戏后，伊菲杰尼欧和娜希玛往小艇方向返回。他们抬起蟒蛇，让它浸入河水，跟它一起游泳。然后，他们把它放到河滩上，动物却并没有企图逃脱，这令默格大为惊讶。蟒蛇只是慵懒地舒展身体，扬起方形小头，探出黑舌尖舔尝潮湿的泥土。接着，它停在一根树枝下晾干身体，像一条翡翠绿的藤类植物。

傍晚时，默格发出离开的讯号。娜希玛和伊菲杰尼欧都很疲倦、很快乐。他们身上的水和泥浆隐隐泛着光，因为耗掉那么多的力气两人都累得喘不过气。他们一同把蛇搬到橡皮艇上，接着默格朝着“阿扎尔”划去，灰蒙蒙的海面上，“阿扎尔”绕着下锚点转动。他们还没抵达以前，大颗大颗的雨点开始落下，冰冷而无情的雨水冲掉了他们身上的河水淤泥。安德里亚姆纳端着一大盘椰汁饭，在甲板室门口等待他们。

蟒蛇变成了“阿扎尔”船上的一个人物。默格同意可以不用老是把它关在箱子里。它在休息室里待上很长的时间，躺在靠垫上，就在跟它说话的娜希玛旁边。她把蛇缠在腰际，蛇头搁在肩膀上，抱着它直走到甲板上，因为太重而走得摇摇欲坠。船身缓慢的晃动似乎会影响蟒蛇的心情，使它坠入愉悦而昏昏欲睡的状态。可是，它也能猛然地惊醒过来。有一天，在科隆，默格接待一位重要人士，一名美国新闻处驻运河区的军官。这是个高大的美国人，戴着金框太阳眼镜。这个男人突然走进“阿扎尔”的休息室，他没看到佐薇，猛地一下就往靠垫倒下去。蟒蛇在刹那间向他攻击，发出愤怒的嘶嘶声，用鼻子攻击他，凶猛得使那个男人仰天跌了一跤。那个男人因为害怕而更加火冒三丈，边走边发誓诅咒说卫生检查机关会“照料”他们，而默格，则不得不匆忙起锚开航。

“你看，”娜希玛说，“有了佐薇，没有人可以偷你的任何东西。”“除了偷蛇的人以外，”默格回答说。

可是，爬行动物成天待在他的靠垫上这件事，有时也会让他难以接受。他觉得佐薇发出尸体的恶臭，而且，他担心它会在漆面甲板上排便。因此，必须负责一切的人是娜希玛，替它洗澡，为它清除排泄物，以及每天晚上把它放回箱子里。“你看，它那么乖，”娜希玛又说，“它要是愿意的话，只要头一钻就可以跑出箱子了。”

有一天，一叶独木舟靠近了“阿扎尔”，是纳各纳的小孩。他们上船来跟伊菲杰尼欧说话，可是他们尤其想来看看娜希玛。他们当中有个和娜希玛同年的女孩，身穿红色的裙子和传统刺绣的衬衫。她叫做塞奈达，留着一头短发，脸蛋很漂亮，鼻梁上文了一条细长的蓝色刺青。她的手腕和脚踝上紧箍一圈又一圈的彩色珠链，但是在手环脚环下的皮肤却都溃烂了，并且因昆虫咬伤而浮肿。她的弟弟陪着她，是个十来岁左右的男孩，近乎赤裸，肤色很深，双眼炯炯有神。他叫做马塞利诺。跟他们在一起的，有个奇怪的女孩莎贝拉，长得活像巫婆，一头蓬蓬的乱发，纤瘦的身子，皮肤黝黑，身穿一件镶花边的白洋装，扣子都掉了。她带来一个帆布袋，里头有一只口鼻处向外突出、奇怪而阴暗的动物，有两只刀状的爪子。“它叫什么名字？”娜希玛问。伊菲杰尼欧来了，他解释说：“Trueno①，”而默格权充翻译：“它的名字是‘雷鸣’，那女孩说它是个巫师。当它听见雷声时，就会逃离禁闭之

① 西班牙语。

处，即使是个关得相当紧实的箱子，它还是会逃。”娜希玛感到恐惧，但是默格决定买下这动物进行试验。他把雷鸣关在一个木箱里，并且在盖子上面堆了任何能找得到的重物，主要是一些罐头。伊菲杰尼欧说：“没用的，等到打雷时，它还是会走的。”默格耸耸肩膀：“无稽之谈。”

默格决定在科隆待上几天，以便采购必需品，并且与阿尔邦和制作人联系。他带了两个女孩回来，用来伺候自己和安德里亚姆纳。那是酒吧的女孩，肤色很黑，浓妆艳抹而没大脑，她们一边上船一边取笑安德里亚姆纳。

娜希玛无法忍受她们。为了报复，她让她们接受佐薇的考验。她把蟒蛇从箱子里放出来，带到甲板上，它当场开始慢慢地匍匐爬行，阳光下的小眼睛闪着光，像老旧皮革上的纽扣，它的舌头往前伸探。那两个女孩发出惊恐的尖叫声，跑着奔出舷门，活像陷入躁郁的疯子一般。由于其中一个辱骂娜希玛，默格拦腰抱住那女孩，把她扔进海里去了。

默格先是低声埋怨，接着这一切使他笑了起来。现在，这成了仪式。任何进入“阿扎尔”的人，都必须通过佐薇的判决。它是某种迟钝又毫无用处的女神，但是可以驱逐讨厌的人和乞丐，还能用它的黑舌信笔划下领土，表示那些人无权在此多耽搁。

有些夜里，船在锚地中央缓缓地绕着下锚点移动，在发电机摇晃的灯光下，默格凝望着娜希玛，熟睡中的她，头靠在眼睛睁开、肌肉坚实的佐薇身上，而安德里亚姆纳坐在驾驶舱里，正静静地抽烟，他自问，是否他们才是“阿扎尔”真正的主人？他们和大船一样，没有目的也没有牵挂，没有记忆也没有遗憾。

时光流逝，卡塔赫纳的约会逐渐接近。阿尔邦失去耐心，一次又一次地传送电文。雨季的时候，可以开始拍摄《旋风》了。在八月份，就只剩下两个月的雷雨气候，必须加紧脚步。

目前，每天午后都有阵雨，并非最初那种轻柔的及时雨，而是横扫海岸的狂风暴雨，雷电交错的闪光在渔船桅杆上舞动。“阿扎尔”一直待在科隆的锚地，和一些轮流等待通过运河的货轮在一起，那些货轮偶尔鸣起一两声不耐烦的汽笛。

默格在华盛顿旅馆有个电话约会，那是一栋突出岸边伸向锚地的大型木造建筑。他和伊菲杰尼欧下到橡皮艇里。他朝娜希玛伸出手：“你来吗?”娜希玛犹豫不决。默格开玩笑说：“不用担心佐薇，它不会游走的。”

娜希玛解开缆绳，跳进橡皮艇。伊菲杰尼欧发动了引擎，橡皮艇继而轻缓经过那些货轮，穿越了锚地。旅馆在运河口的一个岬角上。橡皮艇在木制码头靠岸，有些独木舟在那里系泊。

默格也许心里有数，这会是他最后一次带娜希玛踏上陆地。他偶尔喜欢前往的奢华场所，世上最富有的人出入的豪宅、宫殿式旅馆、奢华餐厅，他想让她见识一下。这是个怪念头，他想在年轻女孩的眼底，读出自己许久以前在这类世界登场的感觉：丹齐格府邸里的宴会，洛杉矶蒙德里安旅馆的大厅，圣地亚哥惊人的豪艇，他想看到那种面对奢华排场时的目瞪口呆，令人头晕目眩的飘飘然。只有他胡安·默格——电影人、冒险家，能够这么进入这家世界最美的旅馆之一，身着墨绿色短裤和一件旧衬衫，脚不着袜地踩着一双海水污渍的布鞋，身边陪着一个剃光头的年轻印第安人，以及一个黑皮肤、身穿牛仔裤和过大的运动衣的女孩。

伊菲杰尼欧拒绝跟随他们。娜希玛猛拉他的手，但是没有用，他就是不遵从。他坐在码头的阶梯上，头戴牛仔帽，仿佛为了在远方守护“阿扎尔”，等待雨水降临。

默格和娜希玛走进大厅。他为她选了一个能望见锚地的桌位，运河的大门、生锈的货轮、已然亮起彩灯的大型客轮，全都尽收眼底。餐桌上覆盖着白净的桌布，四处摆饰了一簇簇兰花。

那令人印象深刻，但是娜希玛并不羞怯。她观望着侍者演出的芭蕾舞剧：他们推着餐车送来一盘盘的鱼、龙虾，把每道菜放到盘子上，在大水晶杯里倒水、斟酒。她食欲大开地大吃。好几个星期了，他们就只吃虾米饭，配上几片不新鲜的格雷厄姆饼干和罐头水果，而瞬间，有这么丰富的佳肴、口味和色彩！娜希玛笑着，话说得不多，饭吃得很多，睁大着眼睛环顾一切。“这里这么漂亮！人家还以为是电影场景呢！——可这就是电影，一点也没错！”

默格享用西班牙葡萄酒，饶富兴味地看着娜希玛眼中闪烁的光彩。他用手指夹菜放到她的盘子里，好让她吃得更多。“那些有钱人开始运河之旅以前，就在这里停留。这里是这家公司创建的第一家旅馆，全都是木料和铁打造的，就像在一艘船上。”

“真可惜安德里亚姆纳叔叔没来，”娜希玛说。想到领航员赤着脚和他们走进餐厅的情景，默格哈哈大笑起来。

他们在下午回到船上，正好在暴风雨前。锚地的海面波涛汹涌，激起一片片白水沫。渔船已经返回，鹈鹕在四周盘绕。运河入口有一艘雪白的大型客轮，灯火辉煌，就像个生日蛋糕。橡皮艇缓缓沿着白色的船身划过。人群聚集在甲板上，传来音乐声，也许他们正在跳舞。娜希玛在轮船头读到船名，巨大的金色字母拼写出船名“萨巴”和船籍“拿骚”。“阿扎尔”离那些货轮很远，有些孤立，看来像是被人抛弃的船，在遭遇海难后黯然无光。

隔天，娜希玛还在睡梦中时，默格朝纳各纳开航了。

暴风雨袭向纳各纳，急而猛烈的程度出乎所有人的意料。约莫下午三点钟，娜希玛当时正和一些小孩在河边，开始刮起了风。

当时，西边天色仍是蓝的，淤泥累积的河滩上日光灼炙。娜希玛刚在河里洗完头，塞奈达陪在一旁，接着，这个年轻的印第安女孩就和伊菲杰尼欧往小丘上那栋以树枝搭建的茅屋走回去了。娜希玛继续坐在橡皮艇的尾端等着身体晒干。在下游一点的河滩上，她看到塞奈达的弟弟马塞利诺，正和另一个同龄男孩玩钓鱼游戏，丝毫没有意识到危险。

她痴迷地望着暴风雨的来临，无法动弹。一朵云，更确切地说，是一团从海面升起、朝河流移近的灰云，如同一只张牙舞爪的巨手，抹却了所经之处的一切。水、树、滨岸，都似乎被漩涡吸收般的流进云层里。

云层这会儿吞噬了整个河口，遮蔽了岛屿、芒果树。“阿扎尔”应该已经处于暴风雨中了。突然间，她的心猛烈跳动了起来，她跳进河里，试着把橡皮艇拉向河滩，可是上涨的水流力道已经太强，卷走了沿岸的泥滩。

在上游，河水静静地流着，高大的林木仍然沐浴在阳光下。可是鸟与昆虫都沉默了。有另一种声音，一种轻微却有力的窸窣声，仿佛成千上万的蝴蝶纷飞，在沉寂中蔓延。喇叭形河口如同滚水翻腾冒泡，河水飞溅，掷撒开一小片一小片的羽状水雾，和云层连成一体，而来自森林的光射出灰色的闪电。锅炉的轰隆声就是从那里传来的。

娜希玛开始奔向茅屋。还没能跑到树林时，她就感到冷飕飕的气流袭身扑来，雨开始大颗大颗往下落，遮挡了视线。顷刻间，她已身在飓风笼罩下。风刮得那么强，使她无法迈步向前。她身旁的林木全都似乎被吹断了，枝叶在水气中飞舞。河流在大海的推挤下暴动翻腾，仿佛瀑布般咆哮，上涨的河水滚卷成波浪袭向河岸。

这就像黑夜，一道道闪电划破夜空，娜希玛想着刚刚在河滩上玩耍的两个小孩。她什么都看不到，飓风的声响中混着尖叫声，可是那更让人联想到野猫的叫声。河滩、河流、森林都消失了，只剩下这风雨交加的混沌天地，她脚下的地面在滑动，一摊黏稠滞流的泥渗入她的衣服，企图带走她。娜希玛跌到灌木斜坡上，她抱紧身子，缩成一团。

她撑了很长一段时间，直到波涛退去。锅炉的轰隆声逐渐转弱，蒸汽般的云幕撕裂开来，露出了森林。这时她开始往茅屋走去。部分屋顶被吹掀了，伊菲杰尼欧和塞奈达躲在楼板的尽头，裹在一块塑料篷布里。娜希玛跳过裂开的树干，坐在靠近塞奈达的地方。年轻的女孩很不安，朝马塞利诺先前待着的河滩那头极目望去。河水覆盖了整个河岸，几乎淹到了森林。红色的水冲走树干、树枝，形成徐徐转动的漩涡朝大海流去，河水上涨的悄然无声比暴风雨的轰隆声更令人心惊。橡皮艇被卷走了。

接着开始了叫唤的声音，一个焦虑的女人的声音，使狗吠声四起。那是塞奈达的母亲在呼唤马塞利诺。小男孩没回来，只有他的同伴回到了茅屋。有一刻，在黄昏的微光中，娜希玛瞥见莎贝拉鬼魅般的身影经过屋旁。她嘟哝地念着咒语，像在测量河岸似的大步前行。

夜幕一下子就降临了，娜希玛明白默格或安德里亚姆纳都不会来接她了。“阿扎尔”无法对抗暴风雨，也许搁浅在纳各纳前的沙洲上，或者去科隆避风雨了。

伊菲杰尼欧用塑料篷布和几根烂树枝搭了一个过夜的遮蔽处。水从屋顶流淌下来，阵阵狂风吹得屋子一直震动。娜希玛蜷着腿躺下，把头搁在篷布下，虽然又怕又饿，还是睡着了。她直打寒颤，塞奈达紧靠着她为她取暖。

黎明前不久，阵阵尖锐的呼喊声吵醒了娜希玛。夜仍漆黑，雨轻轻地落着。茅屋里空无一人，娜希玛把头钻出篷布时，望见手电筒的光在河边晃动。塞奈达的母亲尖锐地哭喊着“马塞利——诺”，最后一个断续的音节像是呻吟。伊菲杰尼欧和塞奈达应该正和她同行，在黑暗的河边探索。可是娜希玛没有移动的勇气。她蜷缩在她的塑料茧中，身体格格打颤，有种一张开嘴就会呕吐的感觉。这一次，她愿意倾其所有，只要能回到家，回到有娜迪亚陪在身边的五月路的公寓里。她泪水满眶，听着尖锐的呼喊声发抖。

天终于亮了，一个灰蒙蒙又寒冷的早晨。娜希玛仍然独自窝在她的篷布下。暴风雨停了，有些生活中的平常声响，小孩的哭闹，公鸡拉直破锣嗓子的啼声，饿狗、猪崽的叫声。其他茅屋里，女人开始起火，准备烧饭。娜希玛步下楼梯，朝河边走去。土地仍然泥泞，满地碎屑，滑溜溜的，她赤脚走在上面，必须撑开脚趾才能稳住步伐。当她走到陡峭的河岸时，她确定河水的高度已经回复正常。潮退后，芒果树的树根浮出地面，远方的片片沙洲也露脸了。水流仍然湍急，水面切割成一大块一大块光滑的表层，边缘镶上白色的泡沫。从她的位置，她看不到“阿扎尔”，可是她确定默格正在发动救生艇的马达，好来接她。娜希玛找了一个隐蔽的角落艰难地小解，接着洗了个澡，用手抹过她发肿的脸庞。她摇摇晃晃地走着，感到太阳穴的脉搏一直在跳动。

再往下游走一点，前一天还是河滩的地方，如今已是一大片充塞了断树残枝的烂泥，在尽头，娜希玛瞧见一群小孩，她认出塞奈达的身影。伊菲杰尼欧也在那儿，却有点畏缩在后头，头戴帽子蹲着。娜希玛走近时，听到顿挫分明的哼哎声，一会儿在呻吟，一会儿又尖锐得像在啜泣。那女人坐在地上，长裙沾满了泥，手抱住头，缓缓地摇晃身体。在她身旁的莎贝拉更是满头乱发、衣冠不整了，她那领受圣体的白洋装上翻到瘦弱的大腿上，模样像极了巫婆。娜希玛向前走近，她还没看到孩子，但是她知道他在那里。当她抵达时，小孩都让开来了。在河流抛置他的地方，马塞利诺仰天躺着。他赤裸的身躯已经呈现死亡的颜色，眼睛和双唇全都浮肿了。尤其可怕的是，鱼已经开始一小块一小块地啮食他的身体，他的鼻尖、手指和脚趾，以及生殖器的末端。

默格在这一刻来到。他径自走到娜希玛身边，也没看一眼躺在河滩上的小孩，就抓起她的手臂往救生艇走去。伊菲杰尼欧有点耽搁，默格便对他冷言冷语，还辱骂他。娜希玛无法再忍受他脸上那粗暴、专横的神情。她挣开身体，仿佛她必须留在塞奈达身边，她说：“他不是您的奴隶。”可是，疲倦使她不得不留在救生艇里，过了不久，那片河滩就在芒果树丛中消失了。

“阿扎尔”回到科隆的锚地，停在运河的入口。眼见娜希玛的状态，默格做了这个决定。当她回到船上时，最牵挂的是她的蟒蛇。安德里亚姆纳不得不把佐薇关在箱子里，因为飓风令它烦躁。它爬行穿过休息室，已开始弄碎压坏所有的东西。在黑漆漆的箱子里，它得以平静下来。经过如此可怕的时刻，“雷鸣”当然是无关紧要的了，但娜希玛还是立刻就想到了。她移开压在盖子上的重物，掀开盖子，俯头探看。“雷鸣”并没能逃掉，她感到很失望。它蜷缩在一角，像一只病倒的刺猬。

娜希玛回到她的舱室睡觉。她发着高烧。默格的手贴在她的额头上，说了句：“疟疾。”可是娜希玛清楚知道不是那样的，她似乎是中了某种魔咒。似乎所发生的一切都是默格的错。她无法忘记他如何粗暴地对待伊菲杰尼欧。他既自私又自命不凡，全世界都是供他差遣的。她恨死他了。

她拒绝吞下他给的药，紧闭双唇，推开水杯。经过了如此的白天与黑夜，经过了阳光的烧灼和大海的侵蚀，突然间，她感到十分疲倦。她所目睹的一切，美妙的、骇人的、新奇的事物，在她全身起着疙瘩、感到寒意袭人时，又在眼前一一聚集。默格并没坚持。他说了：“随你便。明天你到‘萨巴’那条船上去，它要开往安的列斯。”他的声音里有种漠不关心的语气，比他生气时更令人难以忍受。他全都设想好了，也全都安排好了。

娜希玛感到泪水夺眶而出。她不太清楚自己说了些什么。她觉得头晕脑涨。她喃喃地说，像是报复：“可不能跟任何人说我和你们是一道的，这是个秘密。”默格看着她，一副厌倦的样子。或许他并不相信她会死掉。

天际不时露出电光闪闪，整整持续了一夜。隆隆的雷声从远方的大海传过来。娜希玛没睡着。她凝望船舱里晃动的闪光，数着一分一秒，正是她小时候在庞讷德皮会做的事。风把帆索吹得咯咯作响，雨声滴滴答答地此起彼落，就像成千上万齐步奔跑的脚步声。水在甲板上流，淌到舱口上，一切都将毁灭，连雷电也要化为乌有。她仍旧想到“雷鸣”，她高声说：“现在它要逃走了。”她口发谵语，几乎失去意识。

那一夜，默格也没睡。他的目光穿过甲板室的玻璃窗，试着寻找华盛顿旅馆的灯光、“萨巴”的彩灯。雨幕如此厚实，让人什么也看不到，这种失去目标与孤单的感觉，就仿佛“阿扎尔”还在汪洋之中。

前往卡塔赫纳的时候到了。阿尔邦已经到了，他在那儿探勘电影场景。他租了一栋有游泳池的屋子，在离堡垒不远的小山坡上。他开始失去耐心。电话里，他的声音有种审问、嘲笑的意味：“您还是一直和您的……被保护者在一起?”由于默格并没做声，他附加了一句："我来带您到麦德林去看地下小芭蕾舞。"

默格决定隔天早晨娜希玛上了"萨巴"后就离开。他如此迫不及待，以至无法成眠。

黎明时，他去敲舱室的门。娜希玛蜷着腿，和衣睡在大床上，周身乱七八糟，难以描述。她穿着和当初上船时相同的衣服，过大的牛仔裤，以及被大海磨损得破旧不堪的蓝白条纹 T 恤。她在发高烧。

看到她的同时，默格突然对这几个月来自己让她过的生活有所觉悟。她很有可能从主桅跌下来而骨折，或是被海浪卷走。暴风雨中的她，很可能在海滩上消失无踪。在黎明灰蒙蒙的微光中，娜希玛的身影一如当初那个被他从帆箱赶出来的小男孩，瘦削的身体打着哆嗦。风吹日晒下，她的皮肤受到侵蚀起了皱纹，消瘦的脸庞使颧骨显得过于突出，泛紫的双唇上有一道道绽裂的伤口。他怎么会让自己任情使性到这种程度？他也淡忘了她就像一只动物、一个熟悉好玩的小生命，这会使他隐约想起萨里塔。他痛恨罪恶感，因而变得更恶劣。他毫不客气地抓起娜希玛的手臂，强迫她起床。

她的双腿不稳，膝盖发软。趁她稍微梳洗时，默格为她备好了行囊。他在一个口袋里放了让她买机票的钱，和几片贮备着的格雷厄姆饼干，与其说那是给她的必备食品，倒不如说更像是纪念品。

"萨巴"船上的医生已经从电话里得知消息，并在医护室旁的舱室准备了铺位。默格说，那个年轻女孩是个法国人，船难的生还者，是他前一天在这一地区的某个岛上收留上船的。

娜希玛没提问题。她的气色变得更灰白了。日光使她很不舒服，昏头昏脑。默格把自己的墨镜给了她，主要是为了不让人立刻看到她眼角膜充血的模样。甲板上飘起绵绵细雨，海天一色。有些渔船已经回航，渔网被捞起，周围有笨拙的鹈鹕环绕。

娜希玛转身走向舱室。她的声音孱弱：

“我没跟佐薇说再见。”

她一瘸一拐地跑到箱子前，掀起盖子，可是蟒蛇卷着身子，头埋在自己一圈圈的蛇身里，沉沉地昏睡。“别忘了帮它洗澡，”她对着伊菲杰尼欧说，就像他听得懂似的。她亲了他一下，而年轻的印第安人还是动也不动。一个外国女孩对他这样做，这可是第一次。默格解雇了他，但没关系，他会另外去找一份工作，到巴拿马去，也许他会试着去应征，成为国家保安队的一员。

娜希玛走过默格面前，没看他一眼。当她下到橡皮艇时，安德里亚姆纳发动了马达，她意识到默格一直站在驾驶舱里。她动了一下，仿佛想要回到船上，紧靠着他，如同他们身处汪洋中观看一群海豚时一样。然而小艇已经远离船舷，而默格用脚推开小艇后就已经抽身后退了，他只是微微笑了一下，像她第一次在维勒弗朗什的迎宾码头和他擦身而过时一般，那是如此久远以前的事了。她并不确定看到了他的微笑，她看不清楚他脸上的线条了。过了一刻，她瞥见一团烟雾，他点着了第一根小雪茄。他把手插在口袋里抽烟，一如既往。

下降到水面的舷门上，“萨巴”船上一身白衣的水手等候着。橡皮艇轻轻碰撞了大型客轮一下。安德里亚姆纳帮助娜希玛登上平台，那些水手一人抓住她的一只手臂，把她和她的袋子一起拉上来。

“再见了，安德里亚姆纳叔叔！”她的声音哽咽，感到自己全身上下打着哆嗦，前一天起她就毫无进食，她却想吐。橡皮艇在原地转向，艇外的发动机发出阵阵呼噜呼噜的声响。安德里亚姆纳仍然一派无动于衷的神情，窄小的眼睛仿佛两道细缝。

上方的甲板上，一些早起的游客拍了几张照片，好像她真的是个被人从荒岛上捡回来的遇难者。娜希玛从侧边的小门进入客轮。

医生在等她。那是个还算年轻的男子，一身无可挑剔的白制服，略胖，头微秃，有着漂亮的棕色眼睛和亲切的笑容。他说话有种腔调，像是黎巴嫩人。“我是卡迈勒医生。”一个年纪稍长的女人陪着他，高大魁梧，一头金发，淡眼珠。“我是赫勒尔德小姐，医师的助理。”她好奇地端详新来的女孩，而娜希玛已有那么长一段时间没接近过护士，一阵感动涌上心头，她缩着身子靠在她身上，不过是想要感觉那女人怀中的温暖。那名护士往后退了一下。“好了，好了，我们到医护室去，您必须接受治疗、洗澡，我们会给您干净的衣服。”

卡迈勒医生帮她提袋子。年轻女孩的外表——蓬乱的头发、瘦削的身躯、野人的模样——令他相当讶异。在她撩起T恤让医生听诊时，他留意到她的背部受到海水侵蚀而感染的脓肿，还有手臂上的抓伤和鞭打的痕迹。她的腋窝和腰线全布满了飞虫、恙螨咬伤的红点。她的肩膀和脸颊都被太阳晒伤了，受到海盐侵蚀。在脖子下，有道瘢痕令他感到疑惑难解，就像是被有力的绳索压挤皮肤而留下的痕迹。他指给护士看，后者对年轻女孩俯下了身子：“谁对你这么做的?”

娜希玛用指尖碰了一下瘢痕，仿佛在试着回想似的。“哦！这个啊？这肯定是佐薇。”为了避免误解，她又补上一句，“佐薇，是我的蟒蛇。一开始，它不清楚自己的力道，不过，后来它就小心了。”医生不明所以地望着她。他在他的航海日志记下了几点笔记。

护士带娜希玛去洗澡，之后用酒精替她消毒伤口，并给了她一件白色的厚运动衫，上头印着船名。接着卡迈勒医生为娜希玛注射氯奎宁剂。“要多睡觉，还要多喝水，”他说，“将你收容到船上的人说你已经发烧许多天了。你先在船上休息，之后我们会让你在皮特尔角城上岸。那里的红十字将会负责照顾你，送你回国。”

赫勒尔德小姐补充说：“你想必受了很多苦，不过现在都结束了。我们会将你送回到家人身边。”

娜希玛突然很焦虑：“我会去坐牢吗？”

赫勒尔德小姐惊讶地看着她：“不会的。哦！为什么你会去坐牢呢？如果在你抵达时的状况一切都好，连医院都不必进，你就能够立刻回家了。”

一整天的时间，娜希玛虚脱地待在床上，灯亮着。氯奎宁剂的注射每四小时一次，而她似乎坠入了一种清醒的梦境里。有一刻，下午将尽时，她叫了赫勒尔德小姐。“佐薇泡澡的时间到了。要是我们不给它洗澡，它又要发火，把船上的东西都弄坏了。”护士摸了摸她的脸。“可是结束了，我的小人儿。你不再在那艘船上了，你和我们在一起。再过两三天，你就可以搭上飞机回法国了。”她终于问出从见到娜希玛登上“萨巴”之后一直困扰她的问题：“你在那艘船上待了多久？”要盘问还有点早，而且卡迈勒医生禁止她问问题，可是，她知道自己会知道一些事情。娜希玛双眼发亮地望着她，她处在一种半梦半醒的状态中。“这是个秘密，”她说，“我答应过船长和安德里亚姆纳叔叔什么都不说的。”赫勒尔德小姐向年轻女孩俯下身，对娜希玛而言，她的气味芬芳扑鼻，甜美中又带点辛辣，是香皂和古龙水的气味。“是什么秘密呢?”护士轻声问。娜希玛看着她灰蓝色的眼眸深处，有种遥远、陌生的感觉，仿佛她和娜迪亚回到了庞讷德皮的时光，那时，一切都很简单，一切都还存在。

“请告诉我，你说的是什么秘密?”声音在询问。那是晚上，甲板上传来脚步吱嘎的响声和涡轮平顺的嗡嗡声。“萨巴”正准备出航。娜希玛想到马塞利诺的身躯，躺在洪水过后的泥滩上，就像河流把他抛置时那样躺着，鼻子和指尖被鱼吃了。而“雷鸣”本想逃走的，可是它的箱盖合得大过严实，反正在大海中，它又能到哪里去呢?她在赫勒尔德小姐耳边低声说着，她全盘托出：圣诞节以及在马尾藻中跳的那支舞，岛屿中的礁湖，被默格丢到海里的醉酒女孩，还有当伊菲杰尼欧带她去游泳时，默格对他发的火。护士欠着身，为了听见每个细节，她把耳朵贴在娜希玛的嘴边。由于狭小的舱室里的温度逐渐上升，护士脸上微微冒着汗，眼神奇怪，混合着愤怒和轻蔑，与此同时，就像一段打断医护室寂静的副歌般，她不时重复地说：“哼！海盗！老混账！他倒真把我们给愚弄了!”

那一夜，小房间里的灯光亮着，娜希玛在房内狭小的卧铺上睡得很沉，仿佛有好几个月的夜晚没睡觉一般。“萨巴”的涡轮转动，发出轰轰声，织就了一个将她裹住的茧。通风口送出些许空调冷气，仿佛轻柔的夜风。

早晨，她饥肠辘辘地醒来。在厨房边的餐室里，她吃了一顿丰盛的早餐：鸡蛋、一大碗加了玉米片的牛奶、热烘烘的小面包，以及水果。她觉得自己可以不停地吃上好几个小时。卡迈勒医生坐在她的对面，一边看着她，一边喝黑咖啡。听到赫勒尔德小姐转述给他的话后，他感到困惑。在皮特尔角城将有一场审讯，一定得要作证的。他好奇地端详这个年轻女孩，经过一夜的睡眠和氯奎宁剂的注射，疲倦和高烧都几乎完全消失了。她洗了头发，穿上一件干净的T恤，上面是海上日落的图案，以及由金色字母写成的“萨巴”字样。她看起来像个度假中的平凡少女。

娜希玛走出去。甲板上已经站满了游客，有成双成队的伴侣，也有上了年纪的人。有些人来看她，她的故事已经传遍了整条船。他们亲切地跟她说话，一些太太向她伸出手来。“我的老天爷！你度过了多可怕的时刻啊！”游泳池畔有几个小孩在玩耍。“萨巴”在一片均匀的青绿色海水中往前航行。在船后的远处，能望见运河的入口、华盛顿旅馆白色的轮廓，以及始终在那儿的渔船，这些古代快帆造型的渔船周遭围绕着鹈鹕。而“阿扎尔”已经消失了。

一个热带地区的派出所

当地派出所是个异常古怪的场所。娜希玛从下午一点起，被人从医院带进这个大厅后，便拥有充裕的时间仔细审视自己身处的地方。那是一栋现代建筑，但已因年久失修或飓风侵袭而破破烂烂，墙壁斑驳脱落，窗户周边水渍斑斑，张废弃的桌上躺着一截铅笔头，勉强比老烟蒂大一点，可也没更讨喜。唯一的装饰是一张钉在墙上的双重地图，一边是法国，一边是瓜德罗普岛，以不同的比例尺呈现，上头布满网状道路。娜希玛拿它和自己从前课本里的静脉网相比，由此她觉得外头某个地方似乎有颗心脏在跳动，它的脉搏声一直回荡到派出所的楼板。这有点骇人，娜希玛因而试着把注意力集中到别的事情上。

由敞开的窗户望去，透过栏杆，是一幅名符其实的画：棕榈树慵懒地在海风中摇曳，红铁皮屋顶隐没在一片郁郁葱葱的绿意中，有些小鸟在上头漫步，阵阵轻柔的啁啾声和派出所里的寂寥形成对比。成列的细小蚂蚁从敞开的窗户的一角现身，在壁面上爬出一条弯曲的路径，随后消失在地面的一条罅隙里。

娜希玛把时间花在观察那一列蚂蚁和大厅里往来的人上，好似这两者之间真有某种关系。现场大部分是些普通人，年迈的，气喘吁吁的，口中说的是克里奥尔语。他们来作案件申诉登记或来作证。他们走进门，登记了名字，接着坐在成排靠墙的椅子上，等人传讯。秘书是个肥胖的女人，顶着一头浓密的鬈发。她似乎让所有前来的人都畏惧三分，可是她对娜希玛却极为和蔼可亲，她管她叫“我的美人儿”。

然后，派出所所长贝尔纳到了，娜希玛走进他的办公室，一间被阳光晒得发烫的小房间。在办公桌后面，有个三十来岁的女人，娇小，白皮肤，栗色的头发剪得短短的，和娜迪亚有某种相似之处，娜希玛推测她是某类社工人员。

贝尔纳所长专注审视这位端坐眼前的年轻女孩。她的眼中毫无怯意，一派真诚，神情中有着礼貌性的距离感，这使他感到不自在。她还穿着赫勒尔德小姐在“萨巴”上给的衣服，白色T恤和黑色七分裤，可是，在“阿扎尔”上数月来流浪的痕迹依然鲜明：瘦长的身体，晒黑的脸庞，以及因航海而干枯成浅色的头发，尤其那种神经质地拒人于千里之外的感觉，是长年漂泊在外的人才有的。

贝尔纳所长心神不宁。他一点也不喜欢在一位医院的心理医生面前进行这场问讯，而且她还来自法国。现在娜希玛坐在他面前了，他却不知道从何开始。他要她报上身份，尽管“萨巴”船上的军官已经将这些资料转给他，还附上从娜希玛的袋子里找出的身份证。所长是个三十来岁的安的列斯人，高大，头几乎全秃，有撇小小的八字胡和黄眼珠的眼睛。样子看起来疲倦，却不危险，娜希玛心中想着。她觉得他的眼神像忠实的狗。相对来说，这个女人——安东夫人，有种讨人厌的感觉。娜希玛不怎么喜欢社工人员，要是她知道这个尖鼻子的小女人是个医生，她会更厌恶她。

安东夫人决定该是由她掌握审讯的时候了。她不耐烦起来，觉得这些岛民个个都懒散又不切实际，令人难以忍受。她开始对娜希玛提出问题，根据一种经过检验的方法，在一些对调查具有实际重要性的问题中混入一些无关痛痒的问题。

“您生过哪些病？您最喜欢的运动，您的学业情况？

“这是您第一次离开您母亲家吗？

“您是否吸食过毒品？

“有人指使您这么做吗？

“您是如何认识默格先生的？

“您对他有哪些了解？

“您信任他吗？或者您不太信任他？

“他用什么态度对待您？依您看，是正常的，还是有罪的？

“您是否知道或感觉到什么可疑的事？”

娜希玛糊里糊涂地听着。这个娇小的女人往前欠身，俯向桌面，她的颈部静脉微微突出。这些问题没有任何共同点。娜希玛断断续续地回答。“嗯，对，不是……”“意思是说……”“我不知道，我想不是，我……”最后，她什么都不说了。她望着窗外在风中摇晃的棕榈树和蔚蓝的天空。某种花草的芬芳气味传来，一种带着龙涎香、从土里窜出的甜美香味。从长方形窗户射进的光线吸引了她的注意力，使她感到一种目眩神迷。

贝尔纳所长察觉到娜希玛的不知所措，他试着调解：“要是您跟我们从头说起呢？”

他靠在椅背上，阳光照得他冒汗的额头发亮，仿佛一轮光环。他看起来真的像一只狗，娜希玛心想，她还发现，这是因为他的眼睛和凯加斯的一样，透明的虹膜也像她那只还没被娜迪亚处决以前的盲狗。

“是暴风雨，”娜希玛说。“它来得那么快，我来不及回到船上。”

“可是，在那以前，您在哪里？”心理医生恶狠狠地盯着她，“你怎么会在离家这么远的地方？”

娜希玛尽力回想发生过的事。并非她忘记了，只是那一切都已经如此遥远。所有在越洋旅程以前发生的事，都如同在庞讷德皮的时光一般遥远，陷入一团云雾里。

“发生了一些事，”她说。她听见自己含糊的声音，却无法改变。“是‘阿扎尔’。”她想说第一次看到“阿扎尔”的事，那时她还小，她望着它，就像是它把凯加斯带走了一样。她的思绪飘在云端上，断断续续地说着。

“我不知道，我永远都做不到。”

“可以的，可以的，必须这么做，”心理医生说，“试着回想所有的细节，即使是你觉得不重要的细节。”

所长略带笑容地望着她，露出了他的牙。

她停下来，尝试从所长的眼里解读他的想法。他仍然沉着镇定，黄色的眼睛在黝黑的脸上闪着光，仿佛娜希玛真的要开始说故事般地倾听。那个心理医生在一本小学生的蓝色螺线练习簿上写字。娜希玛说着，丢出一些句子，就为了看她的铅笔在本子上一页又一页地速记。

这就像个游戏。娜希玛编了一些细节、一个故事。她慢吞吞地说，为了享受自己的话语造成的效果：

“可是，我已经来过安的列斯的，”她说，“真的，我来过的。我们上岸的那一晚下着雨，码头上几乎没什么人，只有小孩，没有海关人员，没有警察。我们坐了一辆出租车，去很远的地方，到路易港，去岛的另一边。海滩上有一家餐厅，有个老女人，叫做拉维讷·多米尼耶，她做饭给我们吃，葡萄酒奶油汤汁烩鱼，配上绿香蕉和汤，汤里有一截巨大的紫色根菜。我那时肚子很饿，大吃了一顿！”她低沉地笑了一声，自己都感到很惊讶，就像是另一个人经由她的嘴巴在说话一样。“我肚子饿的时候，吃起东西来简直可以媲美秃鹫！”心理医生停下笔不写了，铅笔悬在空中。如此这般地和她作对，藉由秃鹫来揭显她真正的天性，娜希玛算是相当满意的。她很像那种动物。

“那么，您在多久以前来过这里？”提这个问题的人是贝尔纳先生。安东夫人不快地瞪了他一眼。他怎么这么容易就相信这个故事了？当警察的难道不是他吗？很明显地，这一切都是这个年轻女孩编造出来的，为了巧妙地掩盖事实真相。

“不如跟我们说说那个男人是如何让您上船的吧？”

娜希玛试着想象长了个喇叭狗头的所长在船上的样子。也许这会儿凯加斯长得像他，也许他的头秃了，有着同样柔和的眼神。这一切都毫无意义，而她还是情不自禁地想着，各种影像在她脑海里以惊人的速度交错重叠。贝尔纳先生的声音缓慢、低沉：

“说话嘛，小姐，不要怕，我们不怪您什么，我们在这里是为了帮助您。”

心理医生移动了一下身子。光线怪异地照在她身上，刹那间，娜希玛看到她的脸变长，鼻子连到下巴上了。秃鹫的鸟喙，或者，也许是老鼠的尖嘴巴。她打了个寒颤，以为高烧又在发作了。这就像上涨的水势，无法阻挡。她力图抵抗这种焦虑感。

或许，说话会是个方式。她继续她的故事，她说起多米尼加岛，那个她和船长与赞比亚导游徒步走过的森林。他们沿着一条小径走，天气很热、很闷，有种呛鼻的尿骚味。突然间，一群野猪从林中窜出，其中一头满口发亮的尖牙，黑黑的脸像在咧嘴大笑。

“他把您绑架了吗？您必须说实话，”那个心理医生大吼，“您不该为他辩护！”

“没有，没有，船长人很好。相反，他想把我送回家，他说过有一班火车的，而我应该回家。”

她清楚地发出船长这个词的每个音节，仿佛没有任何人能怀疑这个称号的真实性。她泪眼汪汪，因为她记起了自己未能守住的承诺。现在，由于她所说的话，她或许永远都无法返回“阿扎尔”了。

“要不是安德里亚姆纳叔叔在的话，我是不可能留下来的。不过，是他让门开着的，他不让船长用钥匙锁门。”

心理医生记着笔记，冷冷地说：“他把您囚禁在那艘船上。”娜希玛显得那么惊恐，贝尔纳先生因此转换谈话的方向。

“您说的是哪个叔叔？您的母亲说你们在安的列斯有亲戚。”

她越来越意识到这一切完全不合逻辑。她的心开始跳得很快，她徒然地专心保持自己不在乎的样子，内心深处却是慌张失措。

“您第一次是在哪里遇见他的？您是否记得，他什么时候请您到他的船上去？”心理医生很坚持。她的声音轻细如笛，和她一点也不匹配，娜希玛心想。由于她脸部扭曲变形，她不太敢再多看她一眼。所长看起来真的像一条大狗，湿润的眼睛略微突出。她想起很久前她父亲那焕发光彩的眼神，明亮有神的黄眼睛，在黑暗中浮动游移。还有她的盲狗，在娜迪亚杀死它的几天前，那两只不同色彩的眼睛。

“他强行把您扣留在他船上吗？”心理医生问。她扶着桌子略微起身俯向她，同时强调：“娜希玛，您试着回想一下究竟发生了什么事，这很重要，什么都不要遗漏，您明白吗？您不该为任何事情感到羞耻。”

娜希玛摇摇头：“当然不是。刚好相反，因为，一开始他并不愿意。他想自己离开，就像他向来做的一样。”她觉得自己必须说些不喜欢船长的话，随便什么坏话，他们才会让她离开。她不能说那个被他丢到海里的女孩。“他对伊菲杰尼欧大吼，催他做这做那的，而且他说对印第安人就得用 chicote 的方式。我不知道那是什么意思，我想那是西班牙语，而他把意思表现给我看了。”所长和心理医生不明所以地看着她：“chicote 的方式？”而娜希玛暗自思忖，船长或许就是那样，真是那样，一个凶恶、邪门的坏人。

突然间，她回忆起一个细节，她想这对这个问审的女人应该很重要：“我曾是个男孩，总之，我让人以为我是个男孩，要不然的话，他绝对不会接受我的，我想。”

心理医生在她的蓝本子上写了一点东西。

而现在幻觉又回来了。她在桌子的一端，蜷缩在椅子上，她的眼前出现了动物，这个眼神柔和、长了个喇叭狗头的高大男人，和这个秃鹫老鼠脸的女人，两人正低声交谈，仿佛在为她的生命做决定似的。

“我们打过电话到法国给您的母亲。”

“可是她什么都不知道。”娜希玛的心脏一直狂跳，“你们没有权利，你们不能这样！”

“您没什么好怕的，她托我们跟您转达她不会责备您什么的。”贝尔纳所长采用了一个圆通的说法，却毫无意义。谁能责备人？又怪罪什么事？娜希玛自问。

心理医生试着找回审讯的思路：

“为什么您要离家出走？您和您的母亲吵架了？”娜希玛摇摇头。

“这是为了帮助您，好让您能重新回到您的生命轨道，跟以前一样。”她提出自己在本子上准备好的问题，“您不想说说您的父亲吗？您是为了找他才开始这段长途旅行？”

尽管快撑不下去了，娜希玛还是以一贯平静的眼神注视她，仅仅说了声：

“我可不可以抽根烟？”

所长犹豫了一下。可是安东夫人从她的袋子里拿出一包美国烟，并把火递给她。

“您累了，”所长说，“我们晚点再继续这一切。隔壁有一张折叠床。”

那位心理医生摆出不耐烦的怪脸。“我能否请您来我家呢？您会舒服一点。我那儿有个房间，健康检查以前您可以睡觉。”

娜希玛惊讶地看着她。她怎么会感觉不到，此刻她是受人厌恶的对象？可是，毫无疑问，这一点也不重要。她摇摇头。“不要，我只是想到外面走走，呼吸一下空气。”

派出所的花园，就只是一块绕着建筑物的狭长红土地，种植了香蕉树和橡胶树。靠近入口的地方，和着昆虫的响声，有个老黑人正用一把大剪刀修剪杂草。一些几乎光溜溜的小孩在稍远的人行道上玩耍。一片嘈杂声中混着收音机、人声、城里传来的马达声。

娜希玛坐在阳光下抽烟。她有种极度空虚的感觉，审讯的关系倒不大，主要还是因为这一切——阳光，生命的声响，在这白日将尽时香烟的烟雾。她已经那么久不曾参与过一段真正的谈话，然而，自己所说过的事，她却连一件都想不起来了。她等待谈话的结果。抽完烟时，她把烟头埋进身旁的红土里。这就像参加考试，为了变成大人，为了成为某个人。她不想再回到那个房间，不想再看到那张桌子和那些人，他们一副动物的嘴脸，似乎显露了他们的真实本性。

有那么一会儿，娜希玛想到她可以逃走，越过无精打采的城市与街道，一直跑到港口，找一个小小的藏身处，等待某艘能载她走的船只。然而她是那么虚弱，跑不到三步就会被他们捉住了，他们是隐身在人类外表下的动物，不会让她逃离的。

所以，她听凭自己的命运做主。在台阶上，她把身子略微缩成一团，觉得自己沉重又迟缓，像身陷马尾藻中的大船。

过了一会儿，贝尔纳所长来找她。他扶她回到房里。他始终站着，而坐在桌旁的安东夫人，正阅读她做的笔记。娜希玛抬起头，她看到这个女人的脸庞逐渐变尖，成了啮齿鸟类的尖喙。她闭上眼睛驱走影像。她等待判决。

“我想这样可以了，”心理医生说，“现在，您可以回家了。您有个明天晚上的机位。”

所长的样子看起来既像是减轻了负担又像是困惑。他送娜希玛走到门口。医院的车子等着。

“您跟我们说的是老实话，对吧？”

娜希玛微微笑了一下。“当然了，”她说，“我知道的全跟你们讲了。”

“我希望能在别的情况下再在这里见到您。”

他注视年轻女孩坐上红十字会的车子，然后转向安东夫人。

“您并不相信，是吗？”

心理医生耸了耸肩膀。“她连自己都不知道所说的哪些是真话，哪些是谎言。这在被绑架的受害者身上是很常见的。”她把蓝本子收进袋子里，并在离去前戴上太阳眼镜。所长心想，如此一来，她看起来就跟随便一个热带地区的观光客没两样了。

有一刻，会谈的记忆仍然在他心头萦绕不去，仿佛风在顷刻间吹得更强了，而侵蚀岛屿的大海声响，甚至透过了墙壁，越过了城市的嘈杂声，变得清晰可闻。接着，他摇摇头，重新把心思转回日常事务上。

船难

过了中午不久，“阿扎尔”离开了里窝那。当时的天空，一半蔚蓝，而北方的半边天则注满了浓重的墨色。尽管没有风，但气压计下降到低于九百七十的数值，让人预感到暴风雨即将来临。要是安德里亚姆纳还在，他不需用气压计就能理解将要发生的事。可是安德里亚姆纳走了，这一次是一去不返。意大利的警察曾传唤他，把他关了二十四个小时，审问事项是关于遭人强暴而自杀的哥伦比亚女孩。默格发誓他的领航员与强暴案毫无关联，并说明他在离事发地点一千多公里外的卡塔赫纳港的船上待命，尽管如此，调查还是持续进行。安德里亚姆纳被释放出来时，他没说任何责怪的话，他只是离开，像幽灵一样消失了。默格情不自禁地想着，是他的离去将一切都盖上了封印，乃至意大利北方的暴风雨，乃至“阿扎尔”的末日，都是命中注定。

船上的其他乘客看了天色，便放弃旅程。阿尔邦试着说服默格打消独自出航的念头，却是白费力气。“会很顺利的，我会比你们先抵达。”在安德里亚姆纳的忠告和逃生电动绞盘的帮助下成功独自完成这次航行，他把这当做攸关荣誉之事。

阿尔邦租了一辆车，打算走陆路到摩纳哥去。他载了两名乘客，外加他的女友。而苏·特林克莱呢，她想都没想一下，就安坐在默格的船舱里，躺在宽大的床上，啜饮一杯又一杯的威士忌，等着开航。苏二十六岁了，老是有点处于两个危机、两次离婚事件之中。她八成觉得，独自和电影界里的老海盗出航，是一件相当浪漫的事。也许，她想象这会传到那些八卦新闻记者的耳中，他们的耳朵总是竖得直直的，而她的女性朋友对此将会妒忌万分。又或者，她根本没想这种事。在绿松石色的大海里，在这艘华丽的帆船上待个一天一夜，这会是个日后能说给人听的美好回忆。

大约两点时，“阿扎尔”驶出海港，左舷沿着梅洛里亚塔、西北方海角航行，打算一鼓作气地穿过到蔚蓝海岸的一百二十五海里的航程。大船才刚越过堤防线，就受到波涛与强风的袭击。默格缩减帆面，把舵轮锁定在三十度角，但是狂风更加猛烈了，他不得不收起主帆，并将后桅帆收到仅剩三分之一。系身绳索帮他稳住身子，他做了安德里亚姆纳每次都独自操作的动作，把船帆束紧在帆桁上。大前帆绷紧得几乎使角索断裂。这很危险，可是，这样能使船首全面承受风力。“阿扎尔”紧逼着风前行，如此速度下，尾涡犹如被一艘大型客轮的螺旋桨深凿开来似的。在远离海岸的地方，波涛汹涌，一浪高似一浪，不是地中海平时的那种短浪，而是长而笨重、水气氤氲的巨浪，迎船扑来冲刷着甲板。默格待在驾驶舱里，紧抓着舵轮，眼睛被冷风吹得刺痛难当。就在那时候，他觉得自己似乎找回了当他离开图尔库港驶向泽兰，首次独自掌舵，将“阿扎尔”驶进铁灰色的海上时令他陶醉的感觉。这是种大权在握的兴奋、新奇感，并夹杂着水沫、风力的滋味，以及与此刻同样的天色，同样的阴暗、狂暴。

暴风雨来自热那亚海湾深处，缓缓地旋转着方向。天空云层密布，层层堆积直至天空中央，形成一座不可思议的白色塔楼，架在某种多雨的铁砧上。

苏起初分享着他的热忱，不过晕船的痛苦更胜一筹，她只好躲进大船舱里，试着用一杯威士忌来镇定自己。一有呕吐的感觉时，她正好来得及到皇室青绿色浴缸旁的马桶去减轻痛苦。接着，她一路爬回到大床上，就这么睡着了，金发还沾在脸颊上。

甲板上的默格正在和暴风雨搏斗。阵阵狂风迫使他不得不拉下整片船帆，他奋力升起前帆，花去了漫长的数分钟时间。风帆裂了，威胁着大船的平衡。一阵狂风吹得帆面紧贴到桅杆上，风帆仍然垂挂在上头，仿佛一张死皮。

“阿扎尔”似乎即将倾覆，整个船壳在风力、水势下发出喀啦喀啦的响声。默格身上绑着的绳索系在桅杆上，强风使他眼盲，打上甲板的海浪使他窒息，他放弃了照顾船帆。终于，他滑进了甲板室，发动马达，试图掉头转往里窝那避难。在船内，他感觉受到保护。“阿扎尔”曾多次穿越大西洋，在哥伦比亚、巴拿马的外海遇过飓风。它是所向无敌的，没有什么能奈何它。

默格再次转换航向。一想到返回里窝那，可能会遭遇他那些朋友挖苦的眼神，这使他无法忍受。他决定开往拉斯佩齐亚。他可以在入夜前抵达。

失去所有风帆的船，不停地左摇右晃，默格难以维持航向。意大利海岸被一团压在海面上的乌云给吞噬了，不见踪影。风浪交加成震耳欲聋的喧哗。每一声横向扑来的巨响都在大船中央回荡。马达的震动从极远处传来，仿佛一阵衰弱的抖动，而事实上，海流与风的威力如此强劲，默格明白小马达再也无法让大船前进了。甚至，更常见的是，船不但停滞不前，反而往后漂流。

突然间，透过驾驶座前湿漉漉的玻璃窗，默格瞧见了海岸，一长条镶滚泡沫的深黑色地块。他甚至分辨得出屋宇的轮廓、几盏入夜亮起的灯火。一切看来都近在咫尺，如此熟悉。默格的视线搜寻着灯塔，搜寻着指示进入拉斯佩齐亚的航标。眼前只有这片黑雾和近在咫尺的海岸在飞浪中舞动。

直到这时，他仍不相信会有危险。发出求救信号的念头，闪都没闪过他的脑海。他沿着海岸线顺风前行，以便顶住水流，一旦发现庇护地点，就抛八字锚挺住，直到早晨。

事实上，当“阿扎尔”仅离海滩一百米远时，风雨暂停了。夕阳的余晖穿透天空云幕的缺口，一道号角状的红光打亮海面。海滩、沙丘、滨海别墅，刹那间显得如此迫近，卫矛树篱，两旁种植棕榈树的公路，上头行驶的车辆，每个细节都清晰可辨。默格从驾驶舱探头出来时，看到后方灯塔的光芒，后面紧跟着另一道靠近地平线的光，那是维亚雷焦的灯塔和里窝那的塔楼。狂风吹得“阿扎尔”乱了阵脚，它航行了将近三十海里，大部分都偏移了航向。马达受潮，无法发动。在这骤然回复的宁静中，默格稍微评估了涌向沙滩的海潮声。地点选得不好，但是默格仍然决定抛下双锚。水并不深，海水因那些被连根拔起的海草而变得厚重。一些树干漂浮在海面，就像漂浮在涨水后的大河上。

宁静唤醒了苏，轮到她走了出来，一脸浮肿。当她看到海岸如此靠近，立即哭叫起来。她想马上踏上陆地，逃离船只。默格无法跟她讲道理。她一直爬到面朝海滩方向的船首，以跳水来要挟。

默格犹豫不决。尽管海浪汹涌依旧，还是可能乘上木筏，趁他的乘客还没溺水之前将她送上岸。他只拿了一件外套，并让苏套上救生衣。锁上舱口后，他把木筏放到海里，开始往岸边划。

拍打海滩的浪花强劲有力，夹杂着石块和沙砾。木筏有点歪斜地靠岸，接着调转了头。默格就在苏要跟着往后退的瞬间抓住了她。他把她扯上海滩。她脸色苍白，呛得喘不过气来。另一道浪潮把木筏卷了回来，可是塑料桨已经不见了。

有好一段时间，默格始终坐在海滩高处，凝望“阿扎尔”搁浅在波涛中的黑影。船已显得遥远，夜抹去了它的轮廓。默格想着游回船上，可是他并不擅长游泳，况且海水冰冷。在他身旁的苏浑身打哆嗦。迷你热裤和黄色救生衣下的她，看来就像是一个从渡轮落水的小学生。

夜幕顿时降临，或者说，曾片刻为夕阳绽开的天空又阖上了，风雨再度袭来。

在他们身后，沙丘的另一边，有一栋空房子。那是一家冬季休业的汽车旅馆。借着一块石头，默格强行打开了一扇门。他们摸索着进入一间散发霉味的小房间，找到一张有床垫的床。在那里，至少没下雨。他们躺下来，紧靠着彼此取暖。他们相对无言。默格很想做爱，可是苏拒绝了。她不做声地掉泪，她被吓坏了。

午夜时分，狂风暴雨大作。默格必须用椅子抵住门，尽管如此，风还是呼啸着灌进来，在房里打转。屋外，天空一片漆黑，无法看到大海。默格再次返回苏的身旁躺下，大灌了几口装在他那大肚瓶中的杜松子酒后，终于入睡。

当他醒来时，已日上三竿。天空蓝得深沉，沙滩上艳阳高照。默格和苏踉踉跄跄地在沙地上走了几步路，满地都是海藻与碎屑。他们辨认不出所在地。拉斯佩齐亚港的出海口在那儿，就在他们前面几百米远的地方，还有狭窄的航道和韦内雷港嶙峋起伏的丘陵，上头布满一栋栋冬眠中的别墅。默格不明白自己怎么会错过了灯塔。

他见到的第二件东西，是露出水面的暗礁，在沙滩的右方，而桅杆的残骸漂浮在水上。“阿扎尔”船尾的一角从平静的海面上浮现，对着天空形成一个怪异的黑色角度。浪花冲上海滩，在默格脚下消失退尽，对凌乱不堪的海滩发出一阵嘲弄的声响。

那是默格的生命中最难以忍受的一季，由此留下的疲倦感，如同心室杂音，再也无法摆脱。一年来，“阿扎尔”无法动弹地待在维勒弗朗什的迎宾码头，慢慢变成残骸。这艘过去的双桅战船如今被用来充当船坞仓库，而它断裂的桅杆被拆卸下来，悬挂在仓库的天花板下。沙雷米托答应将尽一切可能来修补船只受损的部分，并修复桅杆，然而，自从它们被铁链系在潮湿的拱顶下后，就再也没有任何进展，默格也停止了每天的探望。在阴暗的双桅战船里，那两截木头使人联想到两棵树，被暴风雨击倒而待在石洞里。

沙雷米托是个冷淡且沉默寡言的男人，也许除了与职业相关的事务外，任何人事物都无法使他动容。因此，当桅杆断裂、被拖轮拉着走的“阿扎尔”进入维勒弗朗什港后，他由衷地激动起来。当他评估损坏的程度时，他低沉的声音比往常更显暗哑：“您的桅杆，”他对默格说，“是受伤的肢体。即使您加以修补，它们永远都不会跟以前一样。就算您把它们换掉，您的船也绝不会一如从前。您以为它已经康复了，但它还是受损的。”

这不是个生意人说的话，默格感到一股寒意袭上心头。为了掩饰窘态，他耸了耸肩。“别跟我的承保人说这件事，他们深信是可以修补的。”沙雷米托先是让人将桅杆平放在码头。他一手摸着木杆，一步一步沿着三十米长的主桅杆走，从最严重的断裂点，估量每道痕迹、每个接合处的损害程度。在另两个地方，各有一个裂口，而主桅杆最后三分之一的部分仅仅由侧支索撑着。“阿扎尔”驶到暗礁上，两根桅杆的每一寸都留下了撞击、受创的痕迹。没有一处是完好无损的。

船只的其他部位也处于相同状态。船壳上有好几道裂痕，其中一道在船首吃水线的下方，仓促地被沥青塞住。甲板和甲板室结构都遭到毁损，布满一点一点的水渍。

还有另一个严重的打击。西玛保险公司起初迟迟不派遣代理人前来，最后又推卸了全部责任，借口是遭遇船难时，胡安·默格独自在船上（其实，他当时和苏·特林克莱在一起），但是他并未寻求救助就弃船而去。“这些混账是在暗示我应该跟船一起灭顶，就像一名该死的皇家海军船长吗？”

他最后弄明白了，西玛公司的代理人之所以迟迟不来，是因为那人在拉斯佩齐亚调查，并且那人判定，当锚断裂的“阿扎尔”随海流撞上礁石时，船的主人却在马里纳-迪卡拉拉，在一家庸俗的海边旅馆里，和某个酒醉的女人睡觉。

弗雷瑞斯的一季

娜希玛不和任何人说话。那年秋天，她合上一个匣子，封存一切：海上的白昼，磷光闪烁的夜晚，金枪鱼游经的痕迹，风，马尾藻的气味。偶尔，她听见了涛声，便在夜里起身。她赤脚走到阳台，周围是一道高高的铁丝网，有些枯叶和塑料袋钩在上头。弗雷瑞斯的上空，有个发光的教堂圆顶。路灯如繁星闪烁，仿佛来自某个海峡的另一端。

那时，娜希玛感到大海沉缓的运动，这使她恶心。这是将她带回海上的律动，不期待抵达，仿佛她正反向重又横渡汪洋，一直回到出发点，回到五月路。她试着回想安德里亚姆纳、船长、伊菲杰尼欧、塞奈达，甚至想到佐薇和“雷鸣”，而这些不过是幻想中的人物，没有任何落脚处，就像星宿符号一样不可触知。要是她能跟他们说话，她会请求他们来帮助她。那是否会比在散发油腻气味的小教堂里跪下，对缄默的雕像掏心还更愚蠢？那是否会比夜夜幻想情人，却矜持地等待新婚之夜还更痴傻？然后，日复一日，光阴寸寸流逝，逐渐地，回忆的真实性萎缩了，风化了，成丝成缕地飘散了。现实，是作息时间表。七点起床，轮番交替的劳务：打扫，清洗脸盆水垢，拖地。上课，复习，用餐，上课，复习，用餐。小教堂里非强制性的默祷，或是电视时间，大家就像望着井底般盯着屏幕瞧，屏幕上有些反应激动的人物、一些女歌星、一些长舌妇、一些从疯人院日志里节选出的片段表演。夜不成眠，头被箍住，汗水沾在床单上。女孩们在黑暗中自慰的叹息声。

娜希玛不是唯一找到通往阳台路径的人。一些女孩也来攀在铁丝网上，幻想逃走，或者嗅闻阳台下的城市所散发的呛人气味，倾听高速公路上的喧哗。她们偷着抽烟，低声交谈，狂笑而喘不过气来。她们很怕招来西蒙娜修女。她们跟娜希玛说话，渐渐地，她们把她引进她们的圈子。她们的名字分别是苏米娅、阿尼娅、阿斯玛、扎扎，都是押“a”韵的名字，真像个俱乐部，娜希玛心里这么想着。她们住在同一间寝室。

圣克里斯多夫学院的建筑曾是宏伟而壮丽的，拉毛的黄色墙壁，高处的铁窗，平铺瓦面的四脊屋顶，以及作为餐厅使用、由铸铁和红色彩绘玻璃建成的游廊。学校位于一个年代已久的种植着橄榄树和柑树的公园中央，在弗雷瑞斯上部某座丘陵的斜坡上。这里是人们关禁失足少女或难教养的少女的地方，也是娜希玛自愿要去的地方，因为她不愿意和她母亲共处。

学院一楼，是教室和一间红色玻璃窗的大食堂。楼上，有修女房和女生宿舍。每间寝室的大小都是六乘四米，用栗色三合板把床隔开。走道的尽头，西蒙娜修女的房间旁，是公厕和浴室，设备非常老旧，长形的洗手台活像个饲料槽，三个淋浴用的莲蓬头固定在墙上，由几个表面呈鳞片剥落状的水龙头控制。但是水很热，而淋浴室在每个女孩使用后，就像摩尔人蒸汽腾腾的澡堂。所有的窗户都以铁窗封住，阳台也被铁丝网包围，谣言说这是因为一桩自杀事件。其实，那是为了禁止男孩来探望女孩。冬天时，天色变黑时，西蒙娜修女就关上大门，把一只叫做伊戈尔的黑色大狗放到公园里。之后她便去睡觉，直到翌日清晨六点都不再管事。反正，她的耳朵有点重听。学校的校长不是修女，而是一个高大的女人，皮肤很白，头发梳成一个髻，像旧时的小学老师，女孩们只记得她的名字，一个跟她一样老气的名字：加布丽埃勒。

娜希玛选择到这里来，就像人转身面向一堵墙。谢里夫并不明白。娜迪亚她自己也不明白，可是她接受了。若非如此，娜希玛就会再度离去。

学院培养女孩们胜任裁缝或技工的工作，学做家务，烫衣服，煮饭。也有医疗助理的培训课程，之后，那些通过高中会考的女孩将能进入护校就读。娜迪亚为娜希玛注册了这个预备课程。

经历了发生的一切，相较于警察和社工人员的侦查，学校显得宁静、沉寂、孤立。娜希玛一点一点地学会喜欢这个大房子和规律的生活，伴随着的仅仅只有工作室传来的机器转动声，还有园丁帕特里克弄出的声响，他会修剪蔷薇、柑树，不时发动抽水马达将蓄水池灌满。人们可以完全遗忘。这是另一个世界，一个将不会发生任何危险、任何残暴事件的世界。仿佛大病初愈。

人人对她都很友善，尤其是西蒙娜修女，她挺喜欢娜希玛的。西蒙娜修女有个大鼻子，长得像男人，身穿一件灰蓝色长袍，颚下系着一条黑丝巾。她让大部分寄宿生都对她心怀一定的恐惧，连校长都怕她。不过，那是她装出来的，其实她是个宽宏大量、幽默感十足的人。

里头的女孩，大部分是有前科或是逃家的。她们为了逃避入狱、或因未满入狱年龄而到学院来。她们说话粗暴，口出秽言，每说一句话都夹带粗话。她们善于互相斗殴，身上总带着武器——一把切割刀、一把锥子、半片刀片。还有人竟藏下了一瓶催泪瓦斯。娜希玛呢，她保存着谢里夫的弹簧刀。她把刀藏在枕头下。最早的时候，她并不睡觉，她的手一直放在小刀边，以防万一有人靠近。之后她就习惯了。

这是些迷失的少女，内心恐惧，觉得孤独，时而感到绝望。可是，她们的粗暴行为却是种暗码。没有人会去尝试探听他人的事，没有人会去多过问什么。娜希玛喜欢这种缄默。那是种坚硬、严厉和韧性。每个女孩，都封存过去，她们以严酷的眼神，以深藏胸中的力量，来等待自由的那一天。

随后，娜希玛认识了寝室里的一个女孩。她的真名是萨菲拉，不过大家都叫她扎扎。她的床位于寝室的另一头，入夜后她们在阳台碰头，跟其他“a”俱乐部的女孩在一起。扎扎的个子并不高，略微纤瘦，生了一张漂亮的脸蛋，尽管脸上有青春痘遗留的坑坑洼洼。她和娜希玛共享她的香烟。起初，她们的话不多，后来扎扎讲了一点她的故事。她的父母是突尼斯人，她出生于北方，靠近里尔。她在成长过程中住过许多地方，然后她来到马赛和尼斯。她说到自己的生活，不过就这些了，她还提到她和父亲相处有问题，但没细说。她和娜希玛说话时，大多是跟她讲一些奇特的事，诸如传说或迷信。诸如吸血女鬼半夜在墓园晃来晃去，或是中邪这类的故事。她的姑母是个女巫，在突尼斯得到的启蒙传授。扎扎说起她的姑母如何在巫婆之家的院子里脱光衣服，浸身在一个爬满蝎子、蜈蚣、蚂蚁和蝾螈的桶中。夜里，她的灵魂出窍，飞过一家又一家的屋顶去施展魔法。她化身为动物，睡在沉睡者的胸膛上，一旦他们睁开眼睛看见她，便会死去。有一天，死了一个小孩，孩子的母亲说要杀了她，说要把她关进面包炉中烘烤，烤到她化成一堆灰烬为止。

扎扎低声说着，夜里的身影难辨，只见到她烟头的那一丝红光，娜希玛不时感到背脊一股凉意，噤若寒蝉。她想到莎贝拉，想到她呼唤马塞利诺的声音，和那一大早就被河里小鱼啮食的身体。她也开口说话了，她说起“雷鸣”的事，暴风雨那晚它没逃离压上重物的箱子。但是她和扎扎一样，用一种讲故事的方式诉说。扎扎说：“我啊，我会逃走的，就算被人家关得紧紧的，没有人能阻挡我离开。没有人能找到我。”

工作室是一些以塑料和铁皮临时搭建的小屋，破坏了大公园的景观。第一间是在门房的右边，用来干裁缝和技工活儿。公园最深处，靠左的地方，是装订、垫料、镶嵌、装裱之类的手艺工作室。最后紧挨着学院这栋老房子的那一间，则供厨艺和洗烫衣物的课程使用。娜希玛因为正为医疗助理职业做准备，而免掉了劳动工作。可是她上完课后，便会去参观工作室。起初，她待在角落，着迷于机器转动的轰轰声，着迷于谈笑声。

她最喜欢的是厨艺工作室。扎扎在那里工作。那里洋溢着欢乐活泼的气息，很热，有各式各样的气味。娜希玛倾听刀镬撞击产生的清脆声响、电动绞肉机的声响，她闻着酱料香以及蔬菜、香菜、正在烘焙的面包和蛋糕的香味。

娜希玛什么都不会做。在庞讷德皮时，她还太小，料理一切的人是她母亲。在五月路，娜迪亚什么也不做了，一味地萎靡不振，而娜希玛学会有什么就吃什么——蔬菜炖肉的剩菜，乳酪，面包加橄榄。她尤其常吃面包和橄榄。在“阿扎尔”时，做饭，就是指安德里亚姆纳的食谱，米饭配上虾米。

和扎扎及其他押“a”韵的女孩一起，娜希玛首度玩开了。授课的人是卡兰先生，据说，他是个待过牢房的头儿。可是他人很和善，看起来没那么危险，即使在他手持一把刀切菜的时候。况且他是个手艺很好的厨师。跟那些女孩一起，娜希玛学做比萨、甜菜馅饼、几道撒上乳酪烘烤的菜、一些甜点。近下午五点时，娜希玛上完了课，就赶紧朝工作室走去。她穿越公园，而当她打开小屋的门时，迎面扑来一股热气、美味和友爱的美妙感觉。工作室接纳了她，她和扎扎两人一起做菜。那是长久以来，她第一次感到快乐的时光。持续几个钟头的时间里，她觉得自己充满活力。她可以遗忘过去了。

某个近二月底的夜里，发生了一起斗殴事件。玻璃碎裂的声音和尖叫声惊醒了娜希玛。户外的光火全亮，像是举行防火演习。伊戈尔在公园里吠叫。

娜希玛和其他女孩冲到阳台，攀着铁丝网想要看清楚状况。公园里，靠近机械技术工作室的地方，有几个家伙正大声嘶吼。当他们一枪打死伊戈尔时，闪过一道亮光。他们乱丢瓶子，其中一个瓶子就砸在娜希玛面前的铁网上，碎掉了。女孩跟着发出尖叫，回到屋内。

楼下的门开了，女孩们不顾西蒙娜修女的反对，飞快地跑向公园。娜希玛看到了伊戈尔。它躺在通往工作室的碎石路上，土壤吸着它的血。它的样子似乎极为痛苦。它的眼睛在帕特里克的手电筒光线下变得呆滞。然后，它死了。

约莫半小时后，警察来了。警车停在公园里头，旋闪灯亮着，接着他们大概填写了一些文件，因为那持续了好一会儿，然后他们离开了。就在娜希玛返回寝室时，她立刻发觉少了扎扎。她没通报任何人，可是她感到心被捏紧了，因为想到自己再也见不到她了。的确，自从那一夜起，扎扎就死了。

之后的一切令人难受，因为对发生的事，伊戈尔的死和扎扎的失踪，每个人都感到自己有责任。稍晚，警察再度回来，一个年轻的便衣男警和一个便衣女警。他们问了女孩们一些问题，可是她们什么都没说。即使有人知道，也装作毫不知情。扎扎有个男伴，一个出狱的不良分子。他和伙伴安排了一切，包括袭击和那一枪，然后，趁所有的人在公园里四处乱窜时，扎扎拿起她的袋子跟着他们开溜。然而，没有人知道她去了哪里。马赛，或许吧，也许更远，比利时，德国。扎扎有一天曾对娜希玛说："一旦我离开了，要是我没给消息，那就是我死了。"

一切都不再一样了。加布丽埃勒太太不得不离开，她被派到另一个机构。取代她位置的是布寒先生，据说他过去是个监狱所所长。他的个子很小，穿着无可挑剔，顶着一头栗色的鬈发，看起来十分傲慢。他下达命令，目的在于避免同样事件再度发生。每个星期天，他都在食堂训示众人。红彩玻璃的光线投射在他身上，映出一道邪恶的红光。他用刺耳的语调，说着年轻人必须改邪归正。要重新塑造人格，要赎罪，他这么说。尽管个子矮小，食堂里倒是充满了他愤怒凶恶的声音。他挺直身躯，前后左右地踱步。他说起当地之美，好像是学生们使这地方黯然失色。“你们很幸运能住在如此优美的地方，”他说，“你们却连它的美都看不到！”女孩们没在听讲。她们嚼着口香糖，表情冷漠得如青铜面具。一切都以分配惩罚告终，课后留班几个小时，取消外出，星期六劳动。

扎扎离开后，娜希玛关上了自己的心门。她不再到工作室。她研读生物学和药剂学的课程，因为她对这个感兴趣。既无热情也不含糊，正适合于她。她将成为护士，跟娜迪亚一样。她再也不想和文学、诗或历史有任何关系。她不再跟老师说话。她甚至拒绝娜迪亚的探望。她冷冷地说：“我不需要任何人。”

严冬漫漫，窗户上流淌着湿气凝聚的小水柱。大寝室里，扎扎的床位一直空着，床单在枕头处往外翻折，就好像是在一所有人过世的疗养院。

为了打破串通关系，校长变更了床位的安排。现在，娜希玛和一些陌生的女孩同住一个寝室，她们的名字是纳塔莉、斯特凡妮、埃莉斯、马蒂娜。“a”俱乐部已不复存在。

西蒙娜修女用挂锁封闭通往阳台的入口，并且每晚都用钥匙锁上通向大厅和食堂的门。女孩们于是在寝室里抽烟，开着窗，把头卡在两根铁栏杆中间。或者，她们到淋浴室去，坐在瓷砖地板上。

伊戈尔并没有被取代。西蒙娜修女把它埋在公园尽头的韭葱菜坛旁。布寒先生叫人装置了警铃和探照灯来代替养狗，不过，从此再也没有人企图闯进公园。夜里，路灯探照出一片灰蒙蒙的雨丝，那种凄凉和孤单，一如校长的来处——监狱。而每个星期天，用餐后，布寒先生就重拾相同的讲词，在桌前神经质地来回踏步，像个小鬼般面对着一语不发的寄宿生，那道血般红的微光照在他挺得笔直的五短身材上。

每个女孩都以为过不了这一年。每个人都等着听到布寒先生夜里在床上被人用锥子刺死，或是被伙食毒死的消息。可是一天一天过去了，考试的日子渐渐逼近。

西蒙娜修女退到一边去了。她挺喜欢扎扎的，扎扎的离去以及那些带走她的人杀死了伊戈尔这件事，对她造成了某种影响。而且她病得很重。她的病不是冬天才发作的，可是，经过了发生的事件，她的病变重了，变得具体可见。她挺着她的大鼻子在走廊走动，仍然匆忙地从一间寝室赶到另一间。可是，她不再对女孩们说些她们喜欢听的唠叨话。每隔两天她会离开几个小时，到防癌中心去接受治疗。回来时，她的脸色苍白，步履蹒跚，而黑丝巾不再能好好掩盖她光秃的头顶。

有一天，她和娜希玛说话。她牵起她的手。她从未表现出她是否知道一些事情。她从不问问题。她只是说："你知道，我的孩子，这是我最后的一年了，时候总得要到的。""您要到哪儿去？"娜希玛问。西蒙娜修女叹了一口气："去锡耶纳。"她解释，"你知道吧，我啊，我是意大利人。西蒙娜，这不是我的真名，我叫做伊达·巴尔托洛米尼，皮斯托亚人。我要回老家去。"她补充说，"你千万别跟任何人说，你不会说吧？这是个秘密。要不然，她们会怎么想呢，以为我是个一无所知的意大利乡巴佬。"她又接着说，"我是这样，一个意大利的乡下人，这是真的，可是，说我一无所知就不对了，在我家乡那里，女孩们在八岁的时候就懂所有的事了。"

娜希玛每天都见得到西蒙娜修女。一下课，她就在走廊里和西蒙娜修女会合，然后一起到公园散步，或者，娜希玛陪她一起走到小教堂。小教堂里几乎总是空荡无人，发出油腻的气味和陈年的烟味。那些女孩都调侃娜希玛，斯特凡妮、马蒂娜，甚至过去的阿斯玛、古菲亚。她们对她说她被人看上眼了，就是去约会嘛。娜希玛不予响应。她大可放弃修女的友谊，然而，在这同时，她却挺喜欢她的个性、她满不在乎的方式。西蒙娜修女只是在消失中，她力图使自己被记住。跟娜希玛一起，她并不怎么多话。她只是倚着她的手臂，慢慢地走到小教堂，假装在排椅子、整理祈祷经书。她坐在一把长椅上，娜希玛在她身旁，她保持缄默。或许她在祈祷。或者，她在打盹儿。然后，她把灯捻熄，并用钥匙把门锁上。这就是一切。她再也不曾谈起意大利，除了有一次，为了说到她曾在罗马见过教皇。

娜希玛不知不觉地通过了考试。她和其他女孩一起到高中去。她一点也不担心，像身体检查之类的事，仿佛那只是多出来的杂活儿。一下子，她发现自己和一些不认识的人同处在高中的庭院，一些看起来像来自另一个世界的人。一些如此优雅的年轻人，大大方方地抽烟，高声地和人勾搭调情。考试结束时，娜迪亚开着一辆白色的小汽车抵达，载走娜希玛。只花了点时间到圣克里斯多夫取回她的包袱。结束了。那里已经一个人影也没有了。布寒先生度假去了，甚至没做一场告别演讲。

正当娜希玛走下阶梯，心无所思，只是对一切发生的事感到不耐烦时，她看到西蒙娜修女站在小教堂前。她脸色既苍白又衰老，鼻子更大了。她应该是刚做完化疗回来，面无血色，丝巾紧绑在下颚下面。娜希玛走过去吻她。她的身子轻飘飘的，骨架脆弱易折。

“皮斯托亚那里怎么样啊？”娜希玛问。她连自己为何提出这问题都不知道。“你晓得的，那不是天堂。”西蒙娜修女做了一个滑稽的鬼脸，“锡耶纳比较好，不过，跟你要去的地方比起来，或许就不算什么了？”她把自己的《圣经》给了娜希玛，那是一本包了红塑料皮的旧书，全都磨损、破皮了。“我啊，我没时间读了，再说，我眼睛痛。”

公园里，夏日的阳光照得柑树叶亮闪闪的。娜迪亚在园丁房旁等候，可是园丁已经不在了。帕特里克被替换，取而代之的是带有对讲机、摄影机和密码等一切的自动门。由一家公司负责每个月来翻一次土并修剪花木。白色的小汽车开始沿弯路下坡，驶向大路口。

几点对谈内容

停在他船前的这个身穿大衣、褐色皮肤、高挑的女孩，默格已经留意好多回了。一开始，他以为她是那种来寻找奇遇的美少女，梦想攀上有钱的老头子，好登上渡轮，无忧无虑地到地中海旅行。况且，此时正逢雨季，有各种节庆。与其说那是事实，不如说是他惯有的想象方式。不久之前，他可清楚得很，知道如何进行那档事。到酒吧逛一圈，开着租来的敞篷车，驶在峭壁边的路上，身边有阿尔邦和几个所谓的演员为伴，当然还有山丘间的恋情，在背脊、大腿上留下几道被荆棘丛刮伤的细小血痕，以及地中海一带特有的灌木丛的那种刺鼻味，就如同强效催情剂。接着，“阿扎尔”的船首将划破碧蓝的海面，驶向伯罗奔尼撒半岛或克里特岛，配上一位全裸躺在三角帆下的女孩，如一尊船首雕塑。然而，随着玛特的死以及强暴与谋杀的官司，一切都在麦德林终止了。现在，他连逃走的船都没有了。

确切说来，他难以相信这事实。一个女孩待在那里，在码头上，凝望“阿扎尔”的船首，之后就离开，什么话也没说。仿佛他人不在那里，仿佛他并非在甲板上，头戴一顶旧帽，拿条手帕绑在嘴上，正用电动机器在磨平木板条。仿佛他仅是约塞夫·沙雷米托的工人，帆船的状况如此糟糕，却仍在做无用功。

有一天，他去村庄上头的斯帕商店购物，买了几样水果、一条工厂制作的长棍面包和一公升的矿泉水，回程时，她走上前来。她的脸迎向阳光，注视着他。那时，他认出是娜希玛。

她变了很多。在她身上，已经看不出那个乔装成小男生、被他从"阿扎尔"的甲板上揪出来的小女孩的影子。她肌肤的光泽黯淡，几乎呈灰色，一头留到肩膀上的长长鬈发，是时下流行的发型。唯一相像的只有她的眼睛，还是那么无所畏惧的眼神，瞳孔深处闪着好奇的光。

他们闲话几句家常，接着她停下不说了，就像她必须走了一样。她说："好吧，嗯，我不知道能祝您什么。"他说："我不知道，或许祝我能再见到您。我有些事要跟您说。"

她走近他。她的手插在外套口袋里。而他尴尬地微微向她俯下身子，他的塑料袋被狂风吹得乱舞。他感到自己的笨拙，几乎不好意思起身。

稍远处，有些肆无忌惮、好嘲弄人的小男孩经过。"看啊！有个女黑鬼！"这一幕中，什么都显得不太真实。由于他什么也没回答，娜希玛不耐烦地说："我也是，我有许多事要跟您谈。"

非比寻常而戏剧化。可是他什么也没想。把袋子放到甲板上后，他跟她一起走到邻近船厂的小酒店，一个他从不踏进的场所，这世上，没有比那些玩滚球的人和那些退休船员协会更令他厌恶的了。

从前，只要默格稍微挨着这些桌子一下，就会有成群的记者、摄影师。可是现在，没有人去留意这个脸上皮肤曝晒过度、全身衣服沾满油污、头戴一顶可笑软帽的老男人。或许，他甚至感染了这些唬人的老水手的调调，他是如此厌恶这种模样，而这个想法几乎使他轻松起来。想要不受自己形象的禁锢，只需要等到年华老去。

众人（这些坐在桌旁的人，他们的生命并不比看他电影的一般观众来得有趣或更具意义）的眼光更被这个走在他身旁的黑女孩侧影所吸引，这使他自豪。

他们说起话来，而他们的对谈持续了好几个小时，先是在小酒店的露天座，接着到港湾码头。她陪他走到船只残骸处，接着是他陪她步行到村庄上头的国道。她说了些自己的事，不是感化院，而是她的学业、未来的护士职业。他漫不经心地听着。她问他那些在圣克里斯多夫持续数月中反复思索的问题。可是他没什么好说的。佐薇被偷了，他没再见到过伊菲杰尼欧。“那安德里亚姆纳叔叔呢?”他耸了耸肩：“安德里亚姆纳走了。再也没有安德里亚姆纳叔叔了。现在就只有我自己一个人。”

他有的是时间，他就如在“阿扎尔”上、在纳各纳的港坞中一样自由。他再也没有任何计划、任何约会。他的钱只够活几个星期，节约一点的话，可以过上几个月。他欠商会、船厂和意大利拖轮一大笔钱，再也没有任何事或任何人能救他。

沿坡走上公车站时，娜希玛走进一家糕点铺，她买了一袋蛋白杏仁甜饼，以一种纯真的慎重将饼送给默格。“这是送您的，买东西给您让我很高兴。”长久以来没有人给过他任何东西，他连道谢都忘了。她上了公车离开，没说再见，仿佛他们再也不该见到彼此。这一切都很奇异，出乎意料之外。自从船难以来，默格历经长期的孤独，这次邂逅对他而言，有着和鲁滨孙某天在岛上的海滩发现赤脚印同样的感动。

默格，他也变了。他再也不像那个她熟悉的船长，站在舵轮前，在阳光下眯起眼睛，一副海盗模样。他的个子变矮，身材没那么健壮了，背有点驼，走路时微跛，看上去反而像个教授，像一个走遍天下、历尽沧桑的男人，见识过各种事情，却仍然保持年轻，可以满腔热忱，可以勃然大怒。

会面都以相同的仪式进行。当娜希玛在课堂间有空当，或是晚上回家以前，便会到迎宾码头去。通常默格都在“阿扎尔”的甲板上，正在修理或磨平某样东西；或是在舱底，满身油污，试着重新启动那著名的双效马达。偶尔，他会使用与小小的丁烷瓶相连、如玩具大小的烙铁。

娜希玛不到船上去。她待在充当舷门用的木板前，而他终究会出现。他等着她来。他们交谈几句，这是仪式的开端，她站在船前，双手交握，而他把手插进短裤口袋里，他那凹凸不平的怪帽子压在眼睛上。

“好吗？”

“很好，您呢？”

“很好，很好。”

“有进展吗？”

“我可不会这么说，没有。”

“您今天做什么呢？”

“这个嘛，不瞒您说，我假装在做事，以防万一有人在盯我。”

默格每天都有一套新说法来逗她笑。他似乎变成了工人，被雇用到某个想象的工地，负责毫无用处的工作。娜希玛知道他已经失去一切。谢里夫有时跟他父亲一起工作，而沙雷米托跟他说过，默格满身债务，商会要求强制拍卖“阿扎尔”。他们在等法院判决。

码头上，默格把一些从船舱里搜来的残物，平铺在一块脏污的篷布上，以便试着回收。每天都是一堆杂七杂八的东西：系缆双角钩、缆桩、滑轮、舱壁护杆、吊杆、三叶饰、补帆针、绞接缆索的槌子等。码头上阳光普照，他蹲在残破不堪的船前，看起来像个老渔夫，既不可思议又爱吹牛，准备好对小孩讲起他的游记。

唯有大船仍然令人畏惧。

“阿扎尔”丧失了桅杆，外表像个不透光的木头纺锤，像根骨头似的光秃秃的，细细长长的，而船尾在港口的水中投下一道暗影。它给人一种中邪的感觉，仿佛过去发生的事都是它的错。

几乎每一天，娜希玛都和默格碰面，然后他们朝码头尽端走去。他的话不多。他听她说她的故事、她的日常生活。偶尔，她跟他提到谢里夫，她的恋人。他问了几个问题，并不强调。或许他也有些妒忌，因为他立刻转了话题。总之，这是娜希玛的猜想。

他们坐在堤防的另一边，在岩礁当中。海面如明镜闪烁。尽管春风寒冷，阳光依旧灼人。

在娜希玛身旁，默格忘了自己的年龄。他忘却自己的孤独、经济问题、前妻对他的怨恨，以及对自己女儿的忽略。他发觉自己从未有过女朋友。那些他认识、供养、拉到船上的锥形大床上或带到旅馆房间里的女人，都如幽灵一般消失了踪影。娜希玛就像玛特。现在他寻回她了，一切都将焕然一新。他有种从漫长睡眠中醒来、重新开始生活的感觉。

和如此年轻、眼光如此有神、直接的女孩在一起，他感到自由。不受金钱的羁绊，不受期待、威胁的困扰。他就跟“阿扎尔”没两样，曾经受过伤，撞得鼻青脸肿，丧失了羽翼，可是他可以全部从头来过。他觉得自己既年老却又难以置信的年轻。

他每天都等待娜希玛的到来，却并不真的承认这一点。她是唯一让他和外界联系的人。对所有那些乞讨者、闯入者，他逐渐关上大门。或者，该说是他们，他过去的客户，自从他一无所有以后，就溜之大吉了，因为他破产的消息以流言惯常的传播速度散播开来。他连信都不拆了。当娜希玛看到甲板室门口散置的信时，从未收到过任何来信的她很惊讶：“您不想知道它们里面写些什么吗?”他耸耸肩：“不过是一些发票，催钱的付款令。没用途的纸张。”她不理解他的漠然。

默格任凭自己跟从娜希玛的游戏规则。他察觉到自己身体上的变化。他忘却自己脚踝扭伤的问题，他又可以快跑，也能沿着堤防从一块水泥石跳到另一块。他那因酗酒和辛酸而变得麻木的心智再度灵活，从一个念头跃到另一个念头，跟娜希玛的节奏一致。他以为自己回到了在“阿扎尔”上以双臂环住她、教她掌舵的时光。

每天晚上，他把自己关进“阿扎尔”潮湿的休息室，裹上一条旧毛毯，沉浸在想象里，并把这些梦想填满了一本又一本的札记簿。他重新开始速写下笔记、随笔、剧本开端、想法、未来计划。他终于可以重拾《旋风》的计划。他会找到钱、找到演员的。他有那么多故事要说，目前，这部电影是他自己的故事。他就跟被关在伦敦监狱里的琼森船长一样，在审判日即将来临时，孤单一人守着回忆。

他迫不及待地想再见到娜希玛。他对她叙述他所思索的，对她叙述他所梦见的。她没来时，他成天盼望她出现的同时，就像他说过的，假装在工作。这个喝完杜松子酒后便睡得不省人事的人，又开始做梦了，一如他青春期时那般。有些梦境夜复一夜地重现。而他，裹在睡袋里，在室内地板上滑入睡眠——船主的舱室成了某种仓库，堆满杂物：细木工板、腐蚀的航海仪器、船难后幸存下来的糊成一团的卷宗以及堆放照片的纸盒。他梦见自己到了某个遥远的国度，巽他群岛中的一个小岛，在一条大河的喇叭形出海口，当地居民的肤色非常黑，散发青春气息，仿佛一直等候他到来般的欢迎他。

娜希玛对他说起自己的梦。其中一个梦中，她是个孩子，她在戴高乐机场搭机到法兰西堡去，她的姑姑温迪和她爸爸一起在那里等她。她母亲把她的手握得那么紧，使她从手一直痛到肩膀上去了。她听到自己的心在跳，除了母亲的臀部，她什么都看不到，而朝登机通道走的旅客太多，使她无法前进。那是个充满焦虑的梦，有时她会害怕睡觉，怕自己置身在那一群人之中，怕感觉自己的手被捏碎了，而除了那些正在移动的躯体，她什么都看不到。

另一个梦中，有一只飞来的鸟撞到她的窗户。那不是一只温顺的鸟，而是红喙的黑色猛禽，它凶恶地盯着她，而当她走近窗户时，那只鸟猛地飞起来，并且在飞走时以一种刺耳的人声，总是大喊同一句，这句话令她畏惧，却又受到吸引："来找我！"

娜希玛觉得她什么话都能对默格说，如此这般的事，还是第一次发生在她身上。无需考虑，无需羞耻，即使这些都没什么意义。

“也许你真的在寻找某个人，”默格下结论，尽管她为此争辩，心里还是想着，他是对的。

他们谈到旅行。娜希玛想徒步穿越撒哈拉沙漠，而他，却是满脑子对斯匹次卑尔根群岛的幻想，那是他唯一想去过日子的地方。迫不得已时，拉普兰也行。

有几次，他们谈到巴拿马的圣布拉斯特区，灰色而忧伤的海，那些椰树斜斜林立的岛屿，还有那些犹如从另一时代幸存下来的印第安人。他们说起纳各纳，而默格说那里是他必须回去的地方，为了能实现他的《伊甸园》的计划。他想在那里重建凯纳侯爵梦想中的共和国，让那些海盗、流浪者和妓女能寻回自由的地方。他不带夸示地说着，而与此同时，他对娜希玛诉说着他的梦想，他真的认为自己喜欢电影，那不只是个曾帮他赚过钱的事业，更是他的一生。

娜希玛听他说话，任其魅力左右自己。她忘记自己的复仇欲望，忘记那把她想插进默格胸口的刀，为了彻底毁掉他。

有一天，她对他问出了唯一一个她从未停止思索的问题：“你为什么把我赶下‘阿扎尔’?”她炯炯有神地注视他，等他说话，等他抹去别人说起他的种种，抹去凶杀案的传言。

她的声调令他惊讶，他想到玛特，当她要求他把她带到世界的另一端，远离会摧毁女孩的麦德林时，那黑眸子中的光彩。而他当时并不懂，没弄明白，没能抓住机会。

顷刻之间，他感到一种说出当时发生一切的需要，像是一口怨气，也像是真心诚意，他就要说出口了，但是他的骄傲占了上风。

他改变心意说："没有，没什么。有一天，或许吧，我会必须跟你说的。"

娜希玛提到上帝。谈论死后的世界，那一天是最理想的日子，因为狂风肆虐了一整夜，而大海与天空却都一片湛蓝，每个细节、每块岩石、海面上每条暗色的水线都清晰可见。娜希玛阅读西蒙娜修女的《圣经》，她把它放在斜背袋里，和生物课的讲义在一起，走到哪里就带到哪里。在书的衬页上，有个孩子气的笔迹（她想是西蒙娜修女的笔迹）笨拙地写道："原谅我的一切，天主，八〇年三月三十日，十二时。"娜希玛心想，那是为了纪念扎扎。

她用扑克牌标记书中某些段落。

在方块九的地方："你们要将所赶出的国民事奉神的各地方，无论是在高山，在小山，在各青翠树下，都毁坏了。也要拆毁他们的祭坛，打碎他们的柱像，用火焚烧他们的木偶，砍下他们雕刻的神像，并将其名从那地方除灭。"①

在红心国王的地方："不可与他们立约，也不可怜恤他们。不可与他们结亲，不可将你的女儿嫁他们的儿子，也不可叫你的儿子娶他们的女儿；因为他必使你儿子转离不跟从主，去事奉别神，以致耶和华的怒气向你们发作，就速速地将你们灭绝。"②

她缓缓念给默格听，然后停下来喘口气。风吹皱了书页。来自海上的反光，映照在她沉郁的脸，海浪拍击岩石，郁郁闷闷地响

---

①《旧约·申命记》第十二章。

②《旧约·申命记》第七章。

着。“太多可怕的东西、太多恐怖的东西在这本书里。”她还说，“所以啰，我被诅咒了，因为我妈妈选择嫁给我爸爸，我在这段婚姻中出生。”

这是她第一次谈到父亲。默格专心听着，长时间以来，他不再和人分享任何事情。

他想要重新活在当下，没有过去，没有未来。他要遗忘一切。现实是一道明朗、耀眼的光线，线因紧绷而使人痛苦。他再度感到自己的欲望，感到在他过去自由的时光中从“阿扎尔”的船首激越而起的力量。

“你要和我一起到海上吗？”

他望着娜希玛，她沿着堤防快走，像只猫似的从一块水泥跳到另一块水泥上。浪花飞溅，传来深沉的声响。一些海鸥在他们的上空盘旋，它们几乎不拍打翅膀，尾巴成扇形展开。娜希玛仍然洋溢着青春少女的气息，没有重担，没有无力感。默格只是个孤独老人，他吃力地追随这个身影，并感到自己的心跳过急。娜希玛没有回应他的问题。默格在一块岩石上坐了下来，他望向大海，满脑子幻想：“没有比这更美好的事了。这就像爱情，并非如同大部分人那样只做一会儿，而是持续日日夜夜地做，什么也不想，喘气的时间都不留，不睡觉，你的一举一动、船在海中的每一寸移动、每一道涌过的海浪、每一阵风吹船帆的力道，都是重要的。你数着时间，数着日子，永无止境，而当你不再数了，你有了一种永远也无法到达的感觉，你不再有抵达的欲望，你希望这状态能永远持续下去，永远。”

娜希玛在他面前停住脚步，她的眼眸是如此黝黑，使他清楚看见自己在她眸中的映影。

说话的人是默格。默格，这个沉默寡言的浪子、赌徒，默格，这个电影海盗。他回想越洋航程的每一天，安德里亚姆纳伫立在主桅旁，而娜希玛站在船首，每一刻都完整地留在他的记忆里，灿烂得一如太阳。

他们沿着堤防走。天寒料峭，浮云片片，打上堤岸的浪花溅湿了他们。有一刻，她转身面向默格，风吹得她呼吸困难。他以身上的水手厚呢上衣为她挡风，他感觉到她靠在身上那轻盈的身体，他想到了萨里塔，他说："你还那么年轻。"他感觉到她粗糙的掌心，如老妇人的手一般温柔。她侧过头，他看到她黝黑、睁大的眼睛。她是神秘的，一时之间，儿时的记忆在她成人的女性脸庞上乍现，她因而变得更加奇异了。他想自己坠入了爱河。惑人的魅力是一道流水，自然地牵动你，如同潜入沉睡之中。

之后，他意识到那片刻光阴是偷来的。他的生命历程几乎使他不习惯于做白日梦。每个举动都是为了活下去而进行的战斗，是一种持续的攻击。而且，还有终生纠缠他的魔咒——玛特死去的那一夜，那个蹲在麦德林旅馆庭院的印第安老妪的目光。

水泥块上镶嵌了贝壳，涌起的海浪逐渐退却而变得稀薄，最后仅剩一片透明的薄膜，一层液态釉彩。娜希玛沉默不语。她聆听默格诉说他的第一次越洋，当时"阿扎尔"离开图尔库海港时，往北海直奔而去。

默格抓起她的手，亲吻了一下。他闻着她手腕肌肤的味道，感到细致皮肤下的动脉跳动，娜希玛并没阻止他。她把头靠在老人的肩上，耽溺在一阵陶醉里。她靠紧他。“我不想回我妈家去，我可不可以和您在一起?”她感到如此疲倦，整天受风吹日晒的日子，还有在五月路公寓里的娜迪亚，鼻梁上架着眼镜，一如往常地坐在卧室的床上打毛线等她。

谢里夫全都说了。有一天晚上，他打电话给娜迪亚：“您知道您的女儿在哪里吗?”他把和老疯子的约会、码头上的出游、船只，都报告给她听。有个便衣警察来过。他提及所有她已知道的事、麦德林的调查，总之他希望娜希玛发言，希望她控告默格，当证人。

娜希玛无法忍受这些。别人有什么权利评判她?娜迪亚留意到，她咬牙说话的样子，就跟她父亲发脾气时一个模样。过去那些年压在心底的话，全都从打开的闸门倾泻而出，庞讷德皮的房子、被杀死的狗、堆在人行道上的家具。如果凯加斯走了，那是娜迪亚的错，她没能留住他。娜希玛从未如此这般的尖声喊叫，她从未如此屈服于发表不公正言论所带来的愉悦感。经过了感化学校的那一年，那沉默、孤立的一年，如今，她能起身反抗了。

这一晚，娜希玛跟着默格。他在国道上某家糟糕的汽车旅馆里要了一间房间。娜希玛永远也无法忘怀旅馆的入口、接待处；贴着酒红壁纸的墙壁，或者该说是草莓酒红的颜色；守夜人员狡猾的笑容，他苍白的脸色和满口的烂牙，他把钥匙放到柜台上时打量年轻女孩的方式。外面没下雨，只有一股潮湿的冷气。生锈的铁制落地窗朝向锚地，穿堂风大剌剌地从窗下的缝隙钻进来。甚至连大海都是丑陋的，一块漆黑的大空地，四周围着路灯。

娜希玛裸身睡在冰冷的床单下。床又硬又小，活像船上的卧铺。一个栗色床头柜隔在中间，另一边是另一张如出一辙的床，默格坐在上面。他熄了台灯，背抵着墙，望着夜幕笼罩，而路灯反射镜的微光，一直投进没有色彩的房间。

当默格醒来时，娜希玛的头枕在臂膀凹处，浓浓地酣睡着。幽暗的光线下，她脸庞的肌肤在枕头上形成一个深暗的斑点，而她浓密的头发掩住了眼睛和前额，仿佛一顶黑丝绒华盖。屋外天色开始转亮。此刻，默格想起麦德林的那一夜。原本一切是可以不同的。那时候，玛特还活着，年轻，敏捷，有趣，神采奕奕，浑身上下的每一处关节都柔软得令人赞叹。然后，她跌下去了。一切都在开始前就结束了。

默格审视娜希玛。她轻轻地呼吸，面向墙壁，在她的黑发下，一道深色的曲线顺着她的背脊一直延伸到腰部。

他不想碰她。他只想看着她，倾听她存在的声音。国道上的汽车和卡车的喧嚣犹如柔丝的沙沙声，直教人以为是风声，是雨点落在麦德林耶利哥旅馆的釉彩屋顶上。

不过几天前，他还不相信一切仍有可能。我们在往下沉，而每一寸流逝的光阴都将人往下压得更深。债务、官司、威胁，以及更糟糕的，厌烦。这个荒无人烟的长码头上，无人走动。

吸引他的是她的肤色。尽管肤色黑而湿润，仍是一种热烈的色彩。在肩膀上，沿着床单张开的右臂内侧的肤色比较淡，几乎呈乳白色，她微张的手心隐隐发亮。

默格在她身旁躺下。若是他能汲取这沉睡的胴体的温热，进到她体内，与她交融，时间就会暂停了，他就能感到自己过去的力量，他的心跳变缓，却力道不减，就像他和玛特在雨中共舞时一样，而那名蹲在庭院的老妪的诅咒将会终止，幸运之流将会在他的动脉里流窜。他将再度置身海上，远远地，在岛屿中徜徉。默格感到自己被一阵欲望的浪潮卷走，这个年轻女孩睡梦中的身体，便是这波翻涌而上、继而退却的潮水，他感到紧靠着自己的她的每一块肌肉、每一条肌腱。他中魔了，正当他紧绷的身躯还在动作时，他的心灵已经知道自己错了，而此刻娜希玛以一种猛烈的、他满以为她做不到的方式推开他。她没叫喊，她没说话，可是，他认出了玛特在跌落前眼中闪过的愤怒光芒。

清晨冰冷的光线中，娜希玛穿上衣服，而他没做任何动作、没说任何话来挽留她，况且，他知道这于事无补。她以一种不自然的仓促离去，就好像不久之后她会再回来，再到迎宾码头去找他，而他到时会正在替一块用来衔接的木块重新上漆，正在制作某个缆索接头，或天晓得的某种东西。可是，他明白一切都结束了，她不会再回来。

入夏前的某一天，炎热异常，虽然那些度假的人涌进了海港，打算乘私人游艇到海上小绕三圈，但这天仍是寂寞异常。胡安·默格得知一家意大利公共工程公司在拍卖会中出价买下了“阿扎尔”的船身，用作仓库，来装挖泥船的沙砾。他只有几天的缓冲时间寻找别的住处。这个消息他是通过保险公司发出的一封语气生硬的信得知的。他什么都没得做，没得说。那是丹齐格神父的报复。他是个真正的棋局高手，暗地里步步为营，造成默格破产，入侵他生命的每个细微角落，直到最后一处化为乌有才会罢休。

这是难以避免的事。不过几个月前，他还会起身应战，企图做些事，绑架“阿扎尔”，不顾一切重新安装桅杆。把握风向，升起主帆，推动张挂后桅帆的斜桁，逐一地张开它的翅膀，把航向朝向南方，朝向西方，朝向帕尔马，朝向非洲海岸。然后，重返海洋！

把“阿扎尔”变成挖泥船的仓库，简直是闹剧。默格只能不屑地撇撇嘴，忍住微微笑意。他想起船难翌日，拉斯佩齐亚的港湾那轻柔的海浪拍岸声。

一段时间后，当他在码头上，在阳光下一如往常地假装工作时，他头部有条小血管破裂了，在左眼眼角处。是沙雷米托扶起了默格，将他送进医院。

“阿扎尔”每天都越陷越深。它在船坞的等待永无止境，毋庸置疑，无论是西玛公司或任何人都不会向它伸出援手。港务长已经受够了这艘废船，他发出通知函，而默格甚至连拆都不拆。现在，经过那桩事件后，他再也无法等待了。预定的日子一到，他便要进行驱逐。

那是个周日的早晨，七月初的一大清早。娜希玛和之前与默格会面时一样，待在长长的堤防上头，目睹了那一幕。她已经好几个月没再返回港口了。自从她放弃当护士的计划，并在艾克斯的法学院注册入学后，实在无暇去想“阿扎尔”。那期间，一切都已被抹去、忘却，五月路，与母亲的争吵，以及在海防巡道上和谢里夫的久久散步。

“蒂戈”（这是它的名字，以斗大的白色字母写在驾驶舱旁边）来到“阿扎尔”的轴线上就位，拖缆穿过船首两侧补助船桁上的导缆孔。迎宾码头上寥寥无几的闲人停住了脚步。还有沙雷米托的两位员工，娜希玛之前在船坞那里见过他们。但是谢里夫的父亲并不在场。

在一大片打漩的污水中，“蒂戈”开始拖曳横躺港埠中央的硕长船体。历经如此漫长的停滞，从缆绳解脱的大船，找回了虚有其表的生命力。它笨拙地摇晃，仿佛刹住似的减缓操作速度，继而猛地任船身往前冲，而拖轮的水手伫立在“阿扎尔”的船头，高声喊着“嘿！嘿！唷”，像是把它当做一匹顽强的马，或更确切地说，他们有如猎人，由深海中逐出一头巨兽。

拖轮牵引着失去桅杆的船壳，沿着长不见底的堤防，徐徐驶离了港埠。船壳的黑漆如同受损的肌肤，一片片地被磨破了。娜希玛留意到右舷处有一道长形的疤痕，在吃水线的略上方。那说明了海水曾不停地渗入舱底，而默格想来是日复一日地以手动抽水筒将水抽出。最令人惊讶的是“阿扎尔”的美，尽管桅杆折断，尽管满目疮痍、为人所弃。这份美丽令人为之心疼。

到了海港的出口，海浪微微地掀起，“蒂戈”埋头钻入水波中，大肆招摇地往前行驶，仿佛想要强调它所费的力气似的。在它后面，在拖轮的尽头，“阿扎尔”笔直疾行，几乎晃也不晃一下，修长的船首毫不费力地迎向波涛，一滴水都没飞溅。

娜希玛沿着堤防一直走到灯塔，目不转睛地注视拖轮及它的俘虏。那感觉真是怪异，阳光灿烂，海水正蓝，简直是一张道地的风景明信片，再配上星罗棋布在高峻的峭壁上的白屋、豪宅，以及几幢帕拉迪奥式建筑的别墅。一切显得并不太真实，可是娜希玛的心在猛烈跳动，她感到汗水润湿了鬓角、掌心。她并不太清楚怎么回事，在记忆中默格所牵动的感觉，就像仇恨一般，混合了魅力与憎恶。其实，或许她弄错了，那一切不过是一种感觉，不过是一个孩子的梦，有一天梦到地平线上出现了一艘大船。她记得“阿扎尔”到来的那天早晨，仿佛它是为她而来的，阳光下的每叶风帆都饱满高涨，那么高，两个尖尖的三角形在深暗的海面上显得相当白净。它的再度到来，仿佛是为了带回她的父亲，为了她，为了那个站在海防巡道上、手被紧握在母亲手中、紧锁在孤独与极度绝望中的小女孩。

娜希玛从未真正做过梦，她只是爱上了一幅画面。接着胡安·默格下船来到码头，那样的一个船长，他只看了她一下，眼底闪过饶有兴味的光彩。接下来的夜晚，如同身在梦境，她解开港湾里某艘小船的缆绳，静悄悄地划到锚地中央，然后不声不响地躲在甲板上，抵着帆箱，裹在一条毛毯里，静静等待动身前往世界的另一端。

顷刻间，“阿扎尔”消失在岬角后，被高涨的海水吞没了。娜希玛沿着船坞边上走时，以为自己看到了默格的身影。在双桅战帆昏暗的灯光中，桅杆仍然悬在拱顶下，灰溜溜地一如暴风雨后浮在海滩上的两段木头。有一天它们将被运走，按重量锯开，又或许是卖给他人，拿去装饰某栋简朴的农舍。娜希玛犹豫是否要走进去。她叫了声：“船长！”可是一个人影也没有。接着她便离开了。

麦德林之夜

玛特，并不单是个美丽的女孩。当他在汽车总站那个街区遇到她时，默格的心有种被掐了一下的感觉，这种少有的感觉，总是在他面对令人垂涎却又有点不凡的女人时产生。这是命运的安排。一位仙女在那条从市场通往市中心漂亮街区的可怜街道上做什么呢？他和阿尔邦已经四处逛过好几家酒吧，该说是不入流的小酒吧，没有椅子，没有吧台，就一片架在支架上的木板，和一些非常年轻的女孩，有的还稚气未脱，满脸如艺伎的浓妆，沿着墙站立。

默格喜欢这些胜于一切。抵达如卡塔赫纳——西印度卡塔赫纳这般驰名的海港，把船锚抛在租来拍片用的豪华别墅脚下，别墅坐落在俯临旧城的山丘上，还有空中花园和隐没在九重葛与高大月桂树丛之间的红瓦度假小屋，然后搭乘一架破烂不堪的飞机前往麦德林，再一头扎进劣等街区，嗅闻罪恶的气味，品尝街上小贩的水果、餐点，混入喧闹的脚夫中，以及各色人等夹杂的人群里，那里充斥着尖叫、暴力，泛着呛人酸腐的气味。他这么做，若说是玩世不恭，不如说是为了重寻他在巴塞罗那的少年时光，那些小偷妓女走动的街道，一如剧场的咖啡馆，一种危险随侍在侧的既模糊又清晰的总体印象，仿佛置身于荒野山林里。巴塞罗那街道上吸引他年幼心灵的一切，促使他远离家园，投入略显暧昧又污秽的电影界。

那天下午遇到玛特的酒吧，他已经不记得名字了。也许，它并没有名字，只挂着个闪烁某啤酒厂牌的蓝色霓虹灯标志。可是关于她，玛特，他可没忘记任何一个细节，连一秒钟都没遗忘。

她柔软的胴体，她微扭着腰、把重心放在一脚上的站立方式，包裹着她的大腿和臀部的咖啡色紧身裤，使她的上半身显得窄小的白衬衫，她那连着纤细手腕的修长手臂，她的大手，她踩踏凉鞋的大脚，每根脚趾头的指甲都泛着珍珠色泽。

默格是和阿尔邦及“蜜糖”一起走进酒吧的，“蜜糖”是个搔首弄姿的女孩，偶尔会因吸毒而神志不清，阿尔邦答应让她在由理查德·休斯的小说改编的《牙买加飓风》中饰演一个小角色（大概是玛格莉特，那个有点没大脑的护士）。安排麦德林之旅的人是阿尔邦，他说这是美洲最疯狂、最危险、最堕落的城市，从卡塔赫纳只要搭两小时飞机就能抵达的西部旷野。而从机场起，那种混杂着头上戴帽子的修女和身着迷你裙的伪资产阶级的人群就吸引了默格，在环绕中央广场的街道上也是如此，一些下山或从森林钻出的印第安人，脸上仍有格尼帕树①树汁绘彩的刺青，还有那些拉着手板车的黑人，有如走江湖的大力士。

酒吧是一条长走道，桃红的霓虹灯晃悠悠地照亮了内部，吧台

① genipap，原产秘鲁，树汁可配出蓝色人体彩绘颜料。

那儿供应啤酒和中南美洲的特制烧酒，混以甘蔗汁来稀释（库拉达）。大部分女孩都相当年轻，看起来像化了妆的小女生。玛特不像她们。她身上混合了女孩和女人的气质，这向来令默格微微晕眩。一张极为光滑的漂亮脸蛋，由桃花心木雕凿而成，大大的杏眼，唇上翘着的嘴巴，露出一口漂亮的牙齿，以及一种无忧无虑又专注的神情。她望着默格，没有肆无忌惮，没有恐惧。他想到仙女，一个孩子般的小仙女，只要换个扭腰的姿势，转个身就变成女人。他们是怎么一起走到街上的，而她又怎么领他走到广场的花园，走到鸟群入夜后聚集的印度月桂树下，他不再清楚了。他记得她的问题，当场就问他的："你相信自由的爱情吗？"那是别人从未问过他的最冒昧的问题，他不知如何回答。他们谈了别的事情。在市场的某条街上，在教堂后面，有个男人在贩售白兔。"拜托你，你买一只给我好吗？"玛特就像个小女孩，她把那一团毛球抱在怀里，她想立刻就抱它回家，并把默格介绍给她的家人。她住在一栋砖头搭建的矮屋里，后头有个灰尘满布的小花园。她就是把兔子摆在那里，放进一个木箱中，拿石块垫在箱盖上。"我该给它吃什么呢？"默格开玩笑说："给它吃你的破扫帚。"面对她失望的撅嘴表情，他更正说："我来告诉你兔子最喜欢吃的东西：萝卜叶。"

有个男孩在他的房门口，把这一幕都看在眼里。他的个子细长纤瘦，脸色阴沉。玛特做了介绍："那是马丁，我同父异母的兄弟，可是我们管他叫韦索[1]，因为他的身上有很多骨头。"他们又离开了，而韦索跟着他们，他们搭上一辆出租车，行经城市的巷道，穿

① Hueso，西班牙语音译，骨头之意。

越富有人家居住的山丘，其上坐落着一间间圆柱林立的白屋和一个个爬满九重葛的花园。夜幕低垂，天空里满布着预示暴风雨将临的乌云朵。他们返回旅馆，阿尔邦和他的女朋友等在那儿。默格想要啜饮这座城市真正的源泉，而非它那蒸馏出的巴旦杏仁糖水，也不是那腻口的综合调酒。他想要啜饮这个有趣、自然、漂亮女孩的芳唇，和她一起钻进大街小巷，钻进汽车总站的那一街区。

拉着他们走的人是她。在酒吧入口，韦索坐下等待，拿着一罐可乐，一副顽固、寡言的模样。在阿特拉斯公园，默格和玛特共舞，阿尔邦和他那拍片的女孩在一旁喝着“自由古巴”。慢舞中，默格抱紧了玛特，她纤细又轻盈，像条鳗鱼般在他指间滑溜。她和他一般高，他陷入她深邃的双眼、植物般的双眼、树叶般的双眼里，陷入她柔和、忧郁而神秘的眼神里。他从她的肩窝处闻着她的气息，感觉她小而硬挺的胸部的摩擦，她的腰臀在他指下随手风琴拉出的昆比亚节奏扭摆。花园里，有些雏妓靠着发烫的墙面排成一列。她们一脸沉郁，笨拙，十足印第安人的模样，她们的唇上抹上红胭脂，两颊涂上美白乳霜。玛特跟她们不一样，她不受金钱诱惑，她是真的自由。有一刻，他记得自己想要吻她，可是她猛烈地推开他。她向他挑战。默格感到自己有股怒气直往上冲，就像他血管里在酒精的作用下涌动的浪潮，他蹦出一句加泰罗尼亚语的粗话，突然间源自他童年的话语就这么出现了，一种带着鼻音又咄咄逼人的声音，一种在他内心深处的声音，就像过去在兰布拉度过的夏天一样。而就在同一刻，他心想：怎么了？难道我正在坠入情网吗？

之后，过了几年，他已开始走下坡路。当他把自己关在“阿扎尔”的船壳内，听着雨水流淌在甲板和甲板室玻璃上的声音，与待在潜水艇中的尼莫船长同样孤独时，默格尝试重温那一幕的每一刻，而那一切对他都已显得遥远、奇异，仿佛一场梦境，既难以相信却又真真切切。

长夜漫漫，可说是永无止境。在麦德林是同样的夜，但是那里的雨并不冷，不会冻得他心灰意冷。那不是现在这种覆满“阿扎尔”船身的属于寂寞和生命终了时的雨丝，而是热带夏季的倾盆大雨，狂暴、性感，红色的湍流沿着山坡冲泻而下，淹没城市低洼地区的街道，扫荡市场的垃圾，涌进房子内院，还有些光溜溜的小毛头在屋檐下边跑边笑，一些黑白混血的妇人身穿束胸的花洋装，一些头发烫直的女孩在溪里游荡，天空隆隆作响，天际的闪电使城里的路灯摇曳不定。

有一刻，“蜜糖”想睡觉了，由于她消耗的那一切酒精，她先是吐在排水沟里，接着开始哭哭啼啼。玛特搀着她走，让她靠着自己，她们像是认识多年似的。默格心想，那是个勇敢的女孩，心地善良。在他的记忆中，玛特和娜希玛合二为一。她有颗金子般的心，令人愉快，而且温柔，她相信所有的事，所有的人。然而，那却是个堕落之城，有走私贩、杀人犯，以及诱奸幼童的犯人。那是个生命毫无价值的地方，小小的犒赏——一条粉红缎带、一根捆着一叠美金的橡皮筋——就能换得女孩的童贞。那些来自世界各地的艺术家、演员、企业家、政客，甚至大学教授、医生，难道他们不是以微不足道的廉价平白享用年轻的肉体吗？也就是餐厅里一顿晚饭的价格，也就是超市里一整推车货品的价格，没什么危险，也不需要多余的罪恶感。需要的不过是选择，只需选辆出租车，开往汽车总站那个街区，在教堂后面那一整条街上都有少女在酒吧前等候，连挑逗都谈不上，她们就像小学生般排成一列。

默格在他那艘废船的舱底尽头回想那一切，回想各种倒霉事的交汇。他怎么会让自己落入陷阱？然而，若真有陷阱，要他陷入的是谁？演员、歌星、艺术家，世上最美丽的女人，全都被他，胡安·默格，揽在怀里过。她们陪他登上“阿扎尔”，前往他的梦想之旅。在多米尼加一个荒无人烟的小海湾，面对一座覆盖了深绿色毛皮的山脉，“阿扎尔”近乎无声息地滑行，默格掌舵，而安德里亚姆纳待在他的老位置，靠近主桅的地方。船首处，内莉，琼·霍梅斯，伊莎多拉，雷古拉，她们都很相似，抹上椰子油的完美身材，修长的双腿搁在船首缆绳上，而那一片蔚蓝的海面在她们眼前岔分开来，大海光芒四射，温柔，清新，永恒。

他相当确信那将是他的永恒，永远都不会与之分别，因为“阿扎尔”就是他的身体，他的灵魂，而他们必然会一同消亡。

令他迷失方向的肯定是虚荣心。当人拥有一切时，难道不会幻想失去一切吗？同样，有天晚上，在巴塞罗那的某个是非之地，他的父亲在一场牌局里因手气不顺而赔上了一辈子。而他逃走了，宁可遗弃儿子也不愿面对债主。他连自杀的勇气都没有。就只是走了，去到边境的另一头，到佩皮尼昂，到马赛，四十五岁便开始了一段流浪、纵酒作乐的生涯，伴着名不符实的朋友和情妇，引诱一些天真的女人进入他差劲的历险生活，等到她们受够了被人利用，再赶他出门。

二十年后，胡安·默格再次看到他，像个流浪汉般在戛纳影展期间在他的旅馆前闲荡，他想必希望能从自己的名人儿子那里讨到几张钞票、一顿美味的晚餐、甚或微薄的赡养费。默格嫌恶地移开视线，感到不快以及童年涌上心头所引起的轻微搔痒，他厌恶他的童年，一如厌恶那年让他差点丢掉小命的百日咳，那是在他父亲逃走后不久的事，而他的祖母正同最糟的物质生活搏斗，连看医生的钱也没有。

现在他可是遭到报应了？就因为那时面对父亲的惨况时，他表现得那么无动于衷？他也是，也因一桩荒唐事而失去一切，他任自己掉入跟耶里科旅馆庭院里的“乐透草”一样有毒的圈套中。或许他的一生都不自觉地在寻找那一切，财富、机会、命运，它们在他把自己的父亲丢回人间疾苦中时打乱了他生命的秩序。而他不曾停止重寻那份机会，那个他为自己的船只所取的绝妙而神奇的名字，他那奇遇与机遇之名。

然而，一切并非游戏一场，即使他当时并没意识到这一点。或者，如果说那是场赌局，那么，他并不知道自己正是赌注，甚或是那个被甩到轮盘上的陀螺，摇摇晃晃地往前转，在自己的旋转当中带着机会——“阿扎尔”——那朵刻在一边而每个人都渴望的小橘花标志。

耶利哥①：现在，连那三级旅馆的名字都别有深意。一个世界末日的名字。当他和阿尔邦在暴雨中抵达客运车站区时，他们可嘲笑了一番：“耶利哥，干吗不叫做复活旅馆，或者炼狱旅馆！”阿尔

---

① Jericho，世界上最古老的始终有人居住的城市之一。根据《旧约·约书亚记》，约书亚率领的军队吹起号角时，耶利哥城城墙便应声倒塌，城和其中所有都在耶和华面前毁灭。

邦说："末日旅馆。"

出租车在一条小路上等着，司机从缺损的后视镜轻瞄一眼这个搀着美国女人的黑女孩，这是一种鬼祟又准确的眼光，如同照相机的喀嚓一声，将所有他打算在有机可趁时拿来利用的信息都一网打尽。耶利哥旅馆从不打烊。它为客运站的旅客日夜营业。旅馆环着植物蔓生的中庭而建，那不是个供妓女接客的旅馆，也不是阿尔邦断言的危险场所，而是为到市场去的旅人，或是一些背着背包、被秀丽风景吸引的观光客所提供的夜宿旅店。

阿尔邦和他的女伴在楼上要了两间相邻的房间，房间开向一个狭窄的腐朽栏杆围着的阳台。想必那个拍片的女孩，会更喜欢山坡上的豪华酒店套房，可是她醉得无法抗议。她一头倒在发出吱嘎声响的床上，一下子就睡着了，嘴抵着污秽的床垫。

阿尔邦下楼到入口处去喝一杯，在植物前的长廊下入座。雨势转弱，乐声飘飘，那是从一楼餐厅传来的昆比亚舞曲。蒙蒙细雨之中，默格和玛特在"乐透草"间共舞。玛特停了一下，好让他辨识一片叶子透露的数字："二，二，〇，六……这是你的数字，你明天可得用这些数字去玩乐透。"

中庭里一个人也没有，除了喝酒的阿尔邦和一名老妪以外，那是一个黑脸庞的印第安女人，蹲在中庭一角的阳台下抽烟。韦索已经不在了。他可能因为被雨淋湿而不耐烦，回家去了。有一刻，应该是有辆来自山里的客运抵达了，接着两名外国旅客走进旅馆，其中一个像和平组织里那种高瘦的美国男人，另一个则是来自森林的年轻印第安人，衣衫褴褛，蓄长发，脸和手都以格尼帕树汁染成黑色。那名高瘦的男人预付了房钱，接着他们穿越中庭去睡觉。默格还记得印第安人瞥向玛特的那一眼，以及他颈上戴的那条嵌了美洲豹牙的项链。默格顿时怒气冲天：“……妈的！”如此而已。

他大概是又喝了不少酒，他那些库拉达酒、帕洛马酒、古巴酒。阿尔邦照旧醉得一塌糊涂，满脸阴郁，眉毛抬都不抬一下，像个道地的茨冈人。如今，许多年后，默格终于明白：阿尔邦一直都讨厌他。没有真正的理由，一种长久而悄然的怨恨，一种被他每次电影上的成功、每次战果所激起的妒意。他所准备的一切毫无意义。而理由，唯一的理由，是他算计了默格的弱点，并且知道如何把这些弱点当成武器反击。

封闭的船壳内一片阒寂，如此与世隔绝，仿佛沉入海底一百英尺处，那一夜的种种细节又在默格脑海浮现，却有了不同的意义。现在，他知道了：没有人为他设下陷阱。案件侦查后四起的谣言，使他以为那是一桩阴谋，那些记者巴不得揭发丑闻，便到处跟踪他，为了卖新闻，随时准备好捏造无稽之谈。唯一的证人，并不是阿尔邦，他醉得什么都不记得了，审讯过程中他是这么说的。证人，是那名黑脸、没有睫毛、蹲在阳台下的印第安老妪。是她看到玛特全身赤裸，尖叫着跑出房间，接着扑向腐朽的栏杆。是她目睹女孩失去平衡，如黑天使般双手交叉，在尖锐的叫声中，顿时落在中庭“乐透草”丛间的石板地上。老妪溜了出去，仿佛幽灵般消失了踪影，而除了默格，没有人想到她。她目睹女孩的死，一五一十全对便衣警察说了。她甚至不认识玛特。没有人想到要收买她，再说，她拿钱又能做什么用呢？因此，没有陷阱。不然，就在玛特洗头时，谁会把一条矛头蛇立在浴室一角？没有人期待这场悲剧。毒蛇猛兽不多。人类的恶行却稀松平常，不过，这并不表示可以掉以轻心。

经过这许多年，当时的一切使默格感到痛苦，啃噬着他的心，夺去了他的力量。玛特的身体，脸庞，她的存在，她的气息，依旧真实。所有她过去的模样。她的笑，她满不在乎的模样，她的放肆，她走路扭腰的方式。她眼底的光彩，他们在旅馆中庭跳舞时，她那搂着他的轻盈臂膀，她满布水珠的发丝。她如猫咪或婴儿般微张的唇，让人看得到白而发亮的门牙。而她生机勃勃的热情，那般温柔，他过去不曾感受过，之后也不会再有。那份热情融入了他，和他的生命纠结在一起，而现在，待在船深处的他感到孤独和冰冷。玛特是他最后的青春时光，他生命的顶峰，而今，已经太迟了。他输了命运之赌。他什么都没明白。或许，就在他走进那家旅馆的内院时，命中已经注定，一如受诅咒的“乐透草”叶片上不祥的数字。

他全身打颤。那一夜如此炎热，邻近赤道的八月天，雷雨在山间咆哮，考卡河暴涨的水卷带着泥沙，汹涌翻腾。默格还记得，他的衣服粘着皮肤，汗水在背脊流淌，侧腹微微发痒，和玛特在庭院共舞的时候，他的汗水和玛特的掺混在一起，汗水如一层薄水气蒙上女孩的脸庞，细如雨丝，温润如朝露。那真荒唐。

为什么少女肌肤上的汗水会更甜美又更珍贵？想到那一切，他感到自己的掌心冒汗，那液态的粉凝成珠状，贴在玛特的眼皮、浑圆的脸颊、脖颈上，顺着从颈后发根开始的那条暗黑的线，直到背脊下部，凝聚在她衬衫的领口，凝聚在他的手指轻掠过的胯骨凹陷处，凝聚在她年轻乳房的根部，那充满活力的粉末，就同她跳动的心律以及穿过她肺部的气息流动一样真实、一样确切、一样珍贵、一样短暂却又令人难以忘怀。

长夜漫漫，可说是永无止境。玛特随默格回房，拍片的女孩在房里嘴巴张开地抵在床垫上睡觉。隔壁的房间也没好多少，石灰墙面上蚊子的污点斑斑，不透光的窗帘使浴室显得阴暗。年轻女孩进入浴室前解下衣物时，默格在床上坐下。他脑海中还留存她身体的影像——昏暗中一条发亮的黑皮长藤。他绝不会逼她宽衣解带。这事他做不来，他根本就没有能力做。他仅仅盯着她，仿佛要把她从眼里吸进去。他渴望紧紧搂住这条长藤，继续舞下去，就在雨中共舞，啜饮淌在她两颊上的雨水；渴望压着这条鲶鱼的嘴唇亲吻，如同他曾经尝过她的汗液一般地尝她的舌液；渴望在她翕动的吐纳中呼吸她的青春气息，忘却自己身在何处。

当她身子往后仰，满脸肥皂泡，缠卷在那条可怕的浴帘里，当她开始尖叫，这不是因他缘起，而是因为一条枯叶颜色的粗蛇在浴室深处盘旋。在那雨季，沿着排水沟，矛头蛇一直钻到了市中心来，甚至会一直钻到住户家中，顺着楼梯爬进房间。那是林中的魔鬼，唯有印度人能与之和平共处。有可能蝰蛇躲进了清凉的浴室，在墙角像一根棍子一样地挺着身子。这吞食白兔的邪恶蝰蛇。也许这个女孩太年轻，在大麻和酒精的幻觉下，突然受了惊吓失去理智，从窗口一头栽下去。或者她看到一条狰狞的蛇突然冒了出来，而她像个巫女一样地飞了起来。或者，为了逃避一个比自己父亲还年长的酒醉男人的搂抱，她一丝不挂地逃开，与其失去珍贵的贞操，她宁可急忙跳下阳台。除此之外还有其他可能吗？默格的律师冷笑说。一个轻盈如仙女的女孩，靠在腐朽的栏杆上，最后却躺在雨中的石板地上，颈项和身体形成诡异的角度。

想到这一连串的错误，默格满手是汗。阿尔邦是唯一没有惊慌失措的人。他从桌旁站起身来，慢慢地走到那身体旁，为了证实躯体的气数已尽，他做了个简单的手势，把手掌按在脑门的两边，这颗在没有生气的躯体顶端摆动的脑袋。尽管醉了，阿尔邦还是世界上最冷静的人。他的眼神无情，目光像毒蛇的眼睛发亮。他叫醒瘫在床上的女孩，一把抓着默格和行李，立刻启程去北方，搭上清晨五点开往安提奥基亚和图尔沃的第一班客运，接着夜里搭船一直到卡塔赫纳，安德里亚姆纳在那里等他们。第三天黎明，浑浊的海水中有那些被连根拔起的树干翻滚，“阿扎尔”起锚开船，载着疲惫的默格、阿尔邦和他发呆的情妇前往其他世界，驶向巴拿马的波托韦洛、牙买加的金斯顿。

审判

那几个月历经了那么多变故，漫长得永无止境。娜希玛感到自己仿佛经历了另一场人生。她成了另一个人。她没忘记默格，然而，如今想到他时，她已不再感到愤怒或鄙视，再也没有任何事物能触动她的心。他走出了她的生命，就这么简单。

那一切如此难以置信地令人疲倦，就好像某种过场仪式、某种交人查核账目之类的事。

默格，他毫不知情，无从理解。娜希玛的沉默并没有影响他。或许，当娜希玛离开他的世界时，他甚至一开始时还感到轻松呢。他继续以“阿扎尔”为中心生活，仿佛他仍是合法的船主。如同舱门和舱口，即使被封条、重锁堵住，默格还是成功地撬开通往前舱的门，他时不时地会像个小偷一样潜入船内，只为了闻闻船内的气味，辨认船肋间某个阴暗的角落。过去那些进入休息室的人，乞求者，寻找作品的演员，还有作家，他隐约看见他们的身影。《飓风》失败后，默格梦想着《伊甸园》的拍摄，最后那段时间里，他像个酋长，盘腿坐在帐篷里接待来客。安德里亚姆纳就在这一扇锁上的门前站岗，神态凶猛得像个印度士兵，而为了让那些前来求个小角色的候选人叫出焦虑的声音，默格把活蹦乱跳的白老鼠扔给他那条慵懒趴在垫上的蟒蛇。全世界的人都七嘴八舌地谈论这一幕，谈论他的蛇以及“阿扎尔”上所准备的不祥的晚宴。那一切只是谣传、风声。接着，又传出他的衰颓和在麦德林被压住的案件的谣言，访客从此日渐稀少。安德里亚姆纳离开了，传奇逐渐湮没。连蟒蛇都不见了，在巴塞罗那停靠期间，有一天就那么被偷走了，想必是被卖到某家动物园去了。就这样，再也没有看门人了，而一些讨厌的不速之客，他们鞋也不脱就走进“阿扎尔”，把烟头丢在甲板上，拥抱他，直呼他的名字，要他回想一些不太可能的诺言，一些若有其事的会晤。只有阿尔邦还会带“蜜糖”一同前来，但却不是出于友谊，而是为了确定默格不会东山再起。后来，一切都在意大利某个海滩发生的船难闹剧中告终。

娜希玛最后一次来的时候，并没能靠近默格。她在大船周遭晃来晃去，在码头上和萨拉错身而过。她是个高大美丽的女人，一头火红的秀发，面色非常苍白，目光凶狠，什么都逃不过她的眼睛。萨拉当是瞥见了下水装置间的暗影。她大概对默格说了些尖酸刻薄的话，类似“这是最后那个吗”或者是“一场官司对你还不够吗”之类。萨拉只登上过“阿扎尔”这么一次，也许她想亲眼目睹大船的败坏，确定什么都无法使它再度浮上海面。

娜希玛很想跟萨里塔说说话，握握手，但那是绝对不可能的事。萨里塔待在出租车里，不容许他人侵犯。或许，透过玻璃窗，她的眼神曾与娜希玛的目光相对，却不知其中含意，如同一声永远听不见的呼唤。

毕竟她们的年龄相仿。娜希玛曾幻想过，她们原本可以成为朋友的，父母忙碌时，她会邀请她到某个地方喝茶。萨里塔应该十八岁了，有个如此相异又如此近似的姐妹应该不错。在娜希玛见过的照片上，她长得那么像她父亲，褐发颜色很深，带有同样阴郁的眼神，同样的嘴，同样的额头。当默格说起她时，倒不像在说自己的女儿，而是像某个他爱着的人。这个男人无法拥有女儿。或者，是否所有的父亲大概都跟他一样，总先爱上自己的女儿？那么，为何凯加斯走了？

旅馆里，为何有那么可怕的一夜？娜希玛不明白。她猜测自己犯了什么错。不要犯错，任何时刻都别让自己软弱，否则会很痛苦。别相信自己眼睛所见的。什么都无法保护你免于犯错。细想过后，皮特尔角城派出所所长和那位心理医师要她提防这个男人是对的。

为了不坠落，娜希玛离开了。如果她不是过去的她，不是那个硬心肠的女人的女儿，那个女人，无法再照顾自己的狗时就决定杀了狗，总是面无表情，执拗地守着孤独，如果娜希玛没从她母亲那里接受这痛苦的一课，她会迷失的。她只会是一具人形躯壳，飞跌在麦德林某家旅馆湿漉漉的石板地上。

娜希玛没做功课，反而整日待在格勒努伊埃的艾克斯文学院，翻阅书报档案阅览室里十年前的报纸。那是一种安静、孤独的清账行为。一年又一年，胡安·默格的事业、他的情妇、他和萨拉的婚姻、萨里塔的诞生、“阿扎尔”船上的宴会，一直到麦德林那桩全靠丹齐格神父而以不予起诉告终的案件——数百万美元买到受害家属的沉默。

娜希玛直觉地决定不再见默格，她坚决的意志就跟当初决心要认识他、到他的船上一样。一整个夏天，谢里夫充当她消遣的对象。娜希玛能求助于谁？娜迪亚的女儿能随便找人帮忙吗？要是她敢的话，她会跟萨里塔谈谈。她会到地球的另一端，为了向她解释："那是你，唯有你。原谅我想要替代你。"原谅我的一切，天主。书里如此写着。

没有人来帮她。可是，或许是萨里塔使她得以脱身。仅仅是和她在码头上交会的眼神，在她逃避的那一刻。仅仅是她在默格存留的照片上的形象，一张微微颔首的脸，照相馆里的光影凸显了高颧骨，略显强硬的下巴，浓密而黑的眉毛下炯炯的目光，男人般的眉毛，娜希玛心想。那个茨冈女孩，留着默格的血液，她同样也是某一天为了躲避债主而从兰布拉一直跑到法国当赌棍的祖父的后代。

娜希玛过起新生活。夏季期间，她全都预备好了。她离开她的母亲，她获得了一笔奖学金，供她到艾克斯大学研读公共法律。变成和娜迪亚一样的护士，那是不可能的事。她不够勇敢、也不够固执到可以接受为他人牺牲自己。她不无恶意地对娜迪亚说："我没有什么要证明的，再说，我讨厌血，讨厌疾病。"

娜迪亚没反对，没试图挽留。对娜希玛而言，这是一种告别的方式，对一切她所认识的，对她的童年生活，对那个握着祖母的手乖乖走在一旁的小女孩、那个等着进入家庭和乐气氛中的小未婚妻告别。抹去她在海上旅行的疯狂之举，就像抹去一个无法消除的记忆。

在五月路空荡荡的公寓里，午后时分，和谢里夫的爱情非常简单，也没有后果，只有他们满布汗水的身躯，和头两次那弄脏了床罩的、必须用肥皂清洗的血迹。那件事结束后，他们各自回家。这不意味着获得什么权利，这是娜希玛一开始就说的话。九月初，离开谢里夫时，她甚至无需琢磨如何能不说再见面的时间。娜希玛登上马赛的火车，而谢里夫一直站在月台上，直到最后一节车厢在转弯处消失。听说谢里夫后来病了，无精打采的，就像旧时的女孩一样。从娜迪亚那里，他取得大学城的电话，偶尔他打电话来抱怨几声。穿过走道，娜希玛听见传来电话铃响，她知道是找她的，她尽量避免接听。该是轮到她学习残忍的时候了。

海面和天空都光滑如镜。白昼将尽时，一大群海鸥排着松松垮垮的队伍，缓缓横过港湾，飞向亚斯-马达马大型废品堆放场[①]过夜。那是娜希玛最喜欢的时刻，每次回到维勒弗朗什，她都会在泊船的锚地前驻足一会儿。似乎一切都悬置起来，等待决定时刻。

她走在海防巡道上，仿佛身处在大海。她看着一直伸展到地平线深处的这条路。静谧极了。好像刚经历一场战争。胡安·默格正慢慢地咽气。谢里夫给她传了口信。她立刻搭了火车。

那天晚上，娜希玛悄悄走进病房。在这家美国医院的大厅里，询问台后坐着一个又胖又黑的太太。娜希玛报上她母亲的姓名以便进入病房，这名字还是第一次派上用场。医院的员工在登记簿上查找了一会儿。“是‘茂’还是‘默’？”她甚至不知谁是胡安·默格。员工向她指了一个名字怪异的部门，类似机械工作室、休克解除中心。一间墙漆成灰色、根本望不见大海的小病房。

他躺在床上，那地方窄小的程度出乎娜希玛意料。房里的另一张床空着。敞开的门被固定在墙楔上，娜希玛没有勇气将门关上。

她坐在床沿，坐了很长一段时间，看着这躺在她面前的年迈男子。他裹着有点可笑的睡袍。他显得苍白而清瘦，一头厚厚的灰发压在脑后。每天早晨都有人来用电动刮胡刀为他刮胡子，他的下巴和双鬓的胡须特别浓密。他的右手背上有一片深色而宽的瘀迹，那是刺进针头的位置。靠近眼睛的脸颊上有一块瘀斑。当他脑袋里的一根血管破裂的时候，他突然昏倒在地，脸颊撞上码头边的地块。这都是谢里夫说的，他也是从约瑟夫·沙雷米托那里听来的。这个老木匠似乎受到很深的刺激，好像发生的事都是他的错。娜希玛从未想象过沙雷米托能喜欢一个像默格这样的人。当谢里夫说起这事时，她不由自主地生气起来，她心想：又一个受害者，又一个任这个自私自利、虚荣的混账欺骗的牺牲品。

走廊里人来人往，轮班的护士正在交接，还有迟来探病的家属。偶尔有人会朝房里看一眼，见到娜希玛的侧影后，说一句："喔！对不起！"大概人家误以为她是家属，是默格的女儿。娜希玛并非有意，却穿了牛仔裤、白毛衣和细带凉鞋，同挂在"阿扎尔"休息室里的照片中萨里塔的穿着一模一样。

默格的双眼并没有闭着。透过眼睑间的缝（她一直这么认为，那一刀把他的眼睛划得像个蒙古人），娜希玛看见了眼珠的闪光，像是了无生气的脸上的两滴黑露水。娜希玛顿时明白谢里夫对她说的是真的，默格正在慢慢地死去。她既不感到悲伤，也不感到心愿已了。这不过是必然的结局，就某种意义而言，是一种解脱。也许

---

① Jas de Madame，位于卢贝新城（Villeneuve-Loubet），于一九八一年开放，二〇〇〇年关闭。

吧，再过不久，大家会知道是什么烟消云散了，那个与默格同在的世界，那些形象、流言蜚语和传奇。他犯的罪也一样，后来被人发现的女孩，脖子折断了，躺在麦德林旅馆中庭的地上。而此时此刻，病房里只有一片寂静。灰色的墙，狭窄的床，护士的鞋跟在走道回响，门发出吱吱嘎嘎的开阖声，像喘不过气来似的，还有福尔马林和厨房的气味，局限在这间小室中的空间。

对娜希玛来说，这似乎是她第一次看到他本来的面目。不再是默格船长、冒险家、专门吞噬少女的食人魔。而是战争爆发时刚满十八岁的胡安·默格，那时他逃家去从军，之后在兰布拉的饭桌间，和吹牛大王、咖啡馆的酒鬼、骗子、靠妓女养活的小白脸、皮条客、老鸡奸犯、美国水手和秘密警察派来的便衣一起混。他的性子暴躁，企图和世界较量。他遇到了米兰达，是个同性恋，好莱坞的演员经纪人，他被这个目光阴郁而狂热、既腼腆又粗鲁的年轻小伙子慑住了。

娜希玛曾梦想过这样的相遇，梦想过这样的第一步。她想要遇到的应该是年轻的他，是那个脱身的人，成功地做到了她不敢做的事情。那是在她出生很久以前，世界应该全然的不同，好比两百年前。航海的大船开出热那亚、的里雅斯特、巴塞罗那的港口，驶向南美洲或者纽约，满载着移民，而他，默格，是其中之一，立在大客轮的下层甲板上，一个瘦小伙子，套上窄小的衣服，外加一件有垫肩的旧雨衣，夹着一支带烟嘴的香烟，去寻找他的幸运之星。他是个混混，必然已做好为了成功不择手段的准备，甚至可以忍受那位老姨妈热辣辣的目光，并加以利用，加以嘲弄，承诺抵达大海另一边之后的约会，而他知道自己不会赴约。他也是个诗人，把时间用在渴望与梦想上，如同永恒的恋爱者。然而，他却根本没有能力去爱，为了闯天下，抛下妻子和年幼的女儿。

到了生命的尽头，他身在此地，睡在娜希玛眼前的窄床上，病房紧邻一条灰暗走廊，小得像鸟巢，没有人和他说话，没有人在他临死之际握住他的手。

于是，娜希玛跟他说话，轻柔细语地。她对他谈起他唯一真正热爱的东西，“阿扎尔”，她说起这艘船，就像它第一次在她面前出现一样，对她而言，那是永恒不变的，它为了她从大海的彼岸而来，在太阳下展开它巨大的天鹅羽翼，雄伟庄严地驶进锚地。像她待在里面那样，夜里，当她手握舵轮时，感觉到硕长的船身在每道波浪卷过时的震动。

她在他耳边低语：“现在，一切都会好起来，您会看到的，船长，一切都会很好，很好。沙雷米托说他要开始修船了，是谢里夫跟我说的，您看，我现在有男朋友了，他在海港工作，他听到人家这么说过，他懂别人说的，沙雷米托不会不管您的，他会使一切都回复正常的状态，他要替换桅杆，修理船身和马达，您将可以出航，到帕尔马去，那里天气热，海水很蓝，美极了，您会痊愈的。”她俯在默格身上，她听到他的呼吸声，或者是仪器把氧气送进他的鼻孔里，她听见海水滑过船壳的音响、风吹过船侧支索的声音，灌满她耳朵的前帆吱吱嘎嘎的声音。

“接下来一切都会很好，船长，会很好的，没有人会抢走您的船，沙雷米托先生不会允许别人那么做，他说那就像是人家不让您呼吸，就像人家要切断您的翅膀，阻止您活下去一样，他不会让任何人靠近您的船的，我向您保证。您将可以重新出发，您会自由的，船长，您待在这里太久了，在这里，您是个囚犯，人们把您囚禁在这里，但是，现在，您将可以重新出发，您会自由的，您的船也将是自由的，它会带你离开，驶向离这里很远很远的地方。”

娜希玛的话语滑过苍老男人睡梦中的脸庞，犹如水滑过十分古老的岩石。娜希玛说着话，同时看着自己的话语流泻，她望着那微弱的光一直在微张的眼皮间闪烁，她觉得自己的话语从这微光中进入，一直滑到了他脑袋的中心，蜕变成画面、云朵。

“您听到了，船长，您听到我说话，是吗？我知道您听得到我说的话。您将可以离开了，带着我上您的船，我可以为您效劳，现在我很清楚如何操作了，张帆、松帆，我将再度成为您的船员，就算您不能像过去一样全都自己做，您对我下命令吧，我会把一切都做好的，我会卷起风帆，我会掌舵，您告诉我要到哪里去。而且，我也可以为您做饭，船长，我上过烹饪课，您知道吗？我可以照顾您，我没有继续护士的学业，可是我知道如何照料您，我能帮到您不少的，比起在这里当囚犯，您会好多了，您将在您的船上，您将自由自在，您想到哪儿就到哪儿去，到帕尔马，然后我们驶向大西洋。要是有人问您我是谁，我就叫做娜希玛·默格，那会是我的新姓名，您说好吗？”

外面的灯光应该是减弱了，因为病房里愈来愈灰暗。娜希玛以一种匆促的方式说话，她不愿去想象有人走进来的那一刻，那人突然开灯，告诉她说她不能待在那里，说探病的时间已过，她必须离开。她渴望诉说海洋的事，她想要记得每一天、每一刻，狮子湾的暴风雨，塞尔瓦伍斯群岛，一整夜海浪碰撞船壳的声响，以及清晨的太阳在黑而平滑的海面升起，海面荡漾的微波就像马的表皮。飞鱼跃过船首。还有那个圣诞夜，被马尾藻所困，加上徐缓流淌的非洲音乐，而默格的躯体靠着她，那么强悍，那么有力，那么生机勃勃。她再度坐在船首，在前帆阴影下，耳里灌满了风，每次船头钻进浪潮中，她的身体便随之震动，她直视着前方渐暗的地平线。“什么都不必怕，船长，现在您的船要带您到大洋上去了，我们要和安德里亚姆纳叔叔会合，我们全都一起往夕阳西下的方向去，日日夜夜地持续航行，而首先出现的，将会是硐堡岬，您记得吧，浪花拍溅在暗礁上，而我们听见瀑布的声音，眼前一片水气氤氲，很久以后才瞧见陆地，而我，我将会和安德里亚姆纳叔叔待在船头，由您掌着舵，而‘阿扎尔’从小岛间的航道进入，而我，我将引导您，我会观察海水的颜色和漩涡，向您示意该往左、或往右，而船只将沿着广大的海滩前行，还有被风吹弯了腰的椰子树，当地人拥有的小白屋，海鸥来了，鲨鱼也会来，它们在船行后的水痕中游弋，接着船进港了，而人们前来迎接我们，所有您在那里认识的人，您记得吧，拉维纳、沙尔米耶、蓬坦，而老多米尼耶，她会在路易港为您准备金鱼，他们没忘记您，我也是，有人也还记得我，您知道吧，我的姑妈温迪在圣罗斯，我从没见过她，可是我知道当我抵达的时候她会等着我，还有，我爸爸也在，他将结束旅程，他会在那里接待我，而所有人都会知道我们渡海张帆抵达，所有人都会知道我们回来了，现在，经过这许多年后，他们并没有把我们忘记。”娜希玛的声音非常低，低得连默格都无法听见，可是它滑进他内心深处，像一首催眠曲，更像是一片嗡嗡响声，时不时穿插着不完全的语句，“夜里，星空下，很远”，叠句，节律，“疯狂，lalo，疯狂”，那是她儿时的话语，她的父亲用克里奥尔语，对她说的那些温柔而简短的话语，他说到一些岛屿，那栋总有一天他们会一同前往的房子，而娜希玛从未像现在这般接近抵达那里。“……水 rouze，波浪晃，带走，lalo 小孩，yich 小孩，信风，马尾藻……”仿佛那些字眼没有意义，随着水波荡漾，随着梦境摇晃。

夜幕几乎降下。娜希玛离开空着的那张床，钻进窄小的床，靠着默格，她的手臂横越他瘦削的身子，手紧紧抓住床垫以免跌下床，好像他们两人身在由汹涌的海面所承载的卧铺上。她靠紧他，想把自己身体的温暖传给他，让她的热气进到他冰冷的身躯，好让他能活过这才刚开始的夜晚，能够撑到清晨。她把头靠在他的头边上，她窄小的上身贴着他的上身，透过浆过的床单，她感到他的后腰僵硬，枯瘦的大腿膝盖突出，她的手臂、手指和他那干瘪得一如细树枝的手指交缠在一起。她拔掉管子、导管以及插在左手腕血管里的针头，那里正渗出毒药。她任身上及呼出的热气扩散。她感到自己被带到另一个世界。她觉得自己浮在床上面，紧抱住默格，就好像他们是两人一体似的。她和他一起往上飞，远离窄小的病房，飞过城市上空、锚地，远远地飞到大海上。

她没听见护士、也没听到那两个传达员的声音，两个一身白服的安的列斯人，拉住她的肩膀，慢慢地把她从床上拉开。他们费力地移开她的手臂和大腿，把她的手指一根一根地松开。他们抱着她，一直把她抱到楼下，到一个灯光强而刺眼的大厅去，而她挣扎着，尖叫着，她对他们大喊她的名字：“放开我，我是娜希玛·默格，娜希玛·默格！”

一个娇小的女人走上前来，她既瘦又苍白，灰发剪得极短，她走近娜希玛，她紧靠着她，她们一起走到医院的花园小径上，天下起了蒙蒙细雨，滴湿了娜迪亚·凯加斯的头发和脸庞，使她打起哆嗦，雨滴也在娜希玛的脸颊上滚落，犹如泪珠。娜迪亚的身子单薄而娇小，可是她的手却如此有力，而娜希玛不再抵抗，坐上白色的老 Polo 车，她只听到非常温柔的声音反复说着："我的宝宝，我的 lalo 小孩，我的 yich 小孩。"

娜希玛紧盯着刮着右边挡风玻璃的雨刷，橡胶饱受阳光和岁月的侵蚀。她心想：得把它换掉。就这样了。

大海依旧光滑如镜，太阳升起前总是如此。曾往西飞去的海鸥聒噪地朝东归返。娜希玛在黎明前抵达，和过去一样，她几级一跨地走下阶梯，直到海防巡道。棉絮般灰白的大海里，离海岸稍远处停着一艘快速马达船，轰轰的声音震动着她的鼓膜，类似某种小小的痛楚。约瑟夫·沙雷米托的黑色捕鲸船开出了港口，忙着拖曳大船。娜希玛从没想过会有这一天，一切都将如此简单，如此自然。谢里夫已把缆绳穿进船首两侧的导缆孔，而沙雷米托把船尾绞盘转了几转。

“阿扎尔”摆脱了系泊的缆绳，轻轻地离开了码头。它摇摇摆摆地顺着小艇的航迹滑行，如此优雅，任谁也无法相信它身上系着一条缆绳。沙雷米托坐在船侧，手里握着油门操纵杆，而谢里夫伫立在船首。这就像是大船推动着它前面的捕鲸船一样。

海港出口的水色乌黑，深不可测。那里存在一些神秘的洞，那些涌出冷泉的落水洞。偶尔人们会碰上正自我陶醉地翻来转去的翻车鱼。有那么一刻，一群灰色的海豚紧贴着“阿扎尔”的船首经过，毫不在乎捕鲸船卷起的涡流。它们的身躯沿着水面滑过，极为敏捷迅速，随后离开直往外海游去，谢里夫心想娜希玛应当会希望看到这一幕。

沙雷米托把马达关了，让水流来牵引船只。徐缓地，庄严地，大船往他们靠近。船首依然壮丽、尖挺，竖着的辅助帆像一条巨大独角鲸的吻突，而这艘卸下桅杆、静寂的大船在黎明之中滑向他们的画面，使他们不禁打起寒颤。沙雷米托以挠钩钩住了护舷物，借此让捕鲸船尽可能和大船保持最近的距离，他们开始慢慢地漂向外海。不需要言语，谢里夫心里很清楚该做的事。

经由钩在系缆双角钩上的绳梯，他爬到甲板上。这是他第二次来到“阿扎尔”。第一次，他是伴随沙雷米托来评估工程量的。那时，大船过去风光时的模样清晰可见。在甲板室上头，清漆板使桃花心木闪着光，黄铜零件仍十分光亮，尽管经历船难，每块联固列板、每根船肋仍然显得坚固，看得到扶手支柱、舱口手柄、通气管道，而准确装嵌的甲板压条的色泽依旧深暗，隐隐泛着光。可是，废置了多年以后，船只已不如以往。海水、雨水、阳光曝晒使那些木制部位受到侵蚀，使金属部位布满细小斑点。巨大的船壳变成铜绿色，类似某头被打到岸边沙滩的海底哺乳动物的骨骸，有种死亡、受人遗忘的气息，被世界尽头的大海所抛弃。

小艇的马达停了，谢里夫只听到海水拍击船壳的声响，像某种阴沉的呼吸声，似乎来自某个洞穴的深处。天空低而灰暗，无云，只有遮掩山顶的雾气，阻碍了太阳升起。在远方，海岸线隐约可见。一些隐在松树间的别墅，一些无窗房屋的栅栏。天尽管亮了，地面上所有的人却还在睡梦中。可是谢里夫知道娜希玛没睡。她在海防巡道的某处，坐在露水沾湿的石块上等着，她等待这一刻等了那么久了。谢里夫挺喜欢这个时刻。他们看到海豚在锚地中绕圈旋转就是在这个时刻，娜希玛那么的惊叹，她紧紧地握着谢里夫的手。那一群海豚转了好几圈，喜悦地从明镜般的水面跳跃而出，接着它们听到了呼唤的声音。几声非常温柔、急促的叫喊。然后海豚朝外海归去，而就在这一刻，城市的喧嚣声开始了。

大船缓缓地漂流，侧面紧跟着黑色的捕鲸船。谢里夫的心跳有些过于急促，他知道自己该做的事。当沙雷米托告诉他自己的决定时，他并不惊讶。事实上，决定一切的人是娜希玛，以她的方式，什么也没说，仅凭她的想象、她的眼光就够了。他也是，也想了很久，就像一个每夜都做的梦，直到梦境成真为止。那条小血管在默格的大脑里破裂后，沙雷米托从医院返回，他以他有点刺耳的意大利口音告诉谢里夫说："得要暗中破坏。宁可死也不受辱。"

这非常简单。往下走到休息室后，谢里夫明白默格都事先想好，预备周全了。探视用的活门板开着，就如同默格离开时的样子，他曾徒劳地尝试使马达运转，做出他将借助这个被铁锈卡住的机械、搭乘失去桅杆的帆船再度周游四海的样子，仓库里存放着他跟沙雷米托提到过的装置。所有参观过"阿扎尔"的人，西玛公司的代理人、银行家、公证人，所有那些暗自等待庆祝这头大隼折翼时机的蛀虫，所有那些无能的和那些借机牟利的人当中，没有任何一个人留意到一打一点八公斤重的丁烷瓶就在吃水线下，紧沿着船肋一字排开，离燃料油箱不远。他们当中没有任何人注意到缠绕的电线，也没注意到其中一筒的喷嘴上用鳄鱼嘴钳固定着的打火机。谢里夫轻易就能想象到这个老海盗正耐心地拼装炸弹的模样，他把自己关在舱底，让人以为他在工作，冬天的雨点咚咚地敲打在甲板上，从舷窗腐蚀的接合处渗入。

当谢里夫一个接一个转开丁烷瓶的旋塞时，他的嘴角不自觉地微微扬起同样的冷笑，那种轻蔑的哼气声，那是默格一生中用以驱走厌烦、阴谋、人言是非的方式。

他一边在甲板上倒退着走，一边小心翼翼地松开电缆，一直走到碰到栏杆为止。一切都进展得很快，然而白天来得更快。路灯闪着光，勾勒出弯曲与笔直的沿岸公路。海鸥赶在太阳升起前从西边滑向东边。炎热的日光已经开始照亮锚地外海处的“阿扎尔”，即使没有桅杆，它还是显露出难以置信的美、难以置信的优雅，俨然是这混乱的景观中唯一完美的事物。

现在，必须快速结束一切。谢里夫滑降到捕鲸船上，双手颤抖着，无法把电线拉往电瓶。沙雷米托一语不发，转开马达，把挠钩另一端的大船的船身推开。是他取过电线，把钳子插进电瓶的端子。

从城市的高处，娜希玛望着“阿扎尔”的侧影。她是如此久久地望着，而船影仿佛就在她的视网膜深处燃烧起来。海面光滑如镜，泛着金属光泽。有一阵马达闷熄似的刺耳的轰隆声，接着一阵闪光蹿起，瞬而熄灭，而爆炸的声响许久许久之后才传到陆地，一种滞闷的、隐秘的声响，像是来自深渊。有一会儿，大船动也不动，一些烟从某个破洞冒出来，就在垂悬水面上的船尾处，像教堂建筑突出的部分。接着，娜希玛听到第二次爆炸声，这次在空中，而在同一刻，她看到吞噬半边船身的长火焰。她想到今晚将满布天空的烟火。

他所在的地方，在那间没有窗户、狭窄的灰色房间里，默格绝不会听不见的。那是为他所发出的声响。那是他临走前必须听到的最后声响。“阿扎尔”在海里倒栽，迅速下沉，有那么一瞬间，它细长的船首朝向天空，辅助帆挺在末端，就像一头即将跃身而起的动物。可是它继续往后退，往下崩坍，潜进了两百米深的海底。娜希玛的目光寻找约瑟夫·沙雷米托的黑色捕鲸船。现在，她仅想着谢里夫，她迫不及待地想把自己的手放在他的手里，离开这里，不再回头。她甚至不再瞧外海一眼，总之，大海再度变得更平滑也更平静，像层皮肤覆盖了一切。

一九九九年二月，写于阿尔伯克基

安格利·马拉
Angoli Mala

在印度有一个古老传说，人们口耳相传：一个平凡的男子，名叫安格利·马拉，得了失心疯，发狂跑到深山里过着野人般的生活。任何人入山想要搜捕他均遭他毒手杀害。后来有位姓乔达摩①的年轻人，他是释迦族族长的儿子，尚未得道成为众所景仰的佛陀，他独自踏入深林对发狂的野人讲道，毫无畏惧，治愈了他的失心疯。

悠悠过了两千五百年，在达连②森林里发生了一件大事，我目睹其中部分的经过。于是我决定借用他的名字，安格利·马拉，为这篇小说命名，以纪念佛陀解救的那个男子。

① Siddhārtha Gautama，悉达多·乔达摩，释迦族王子，后修行得道成为佛陀，号释迦牟尼。

② Darién，巴拿马东部地区。

雨季来临前，约翰·吉姆森，又名布拉维托，来到河边。十八年前他在此地出生，不过他已经毫无印象。他的双亲是土生土长的印第安人，改信基督之后没多久罹患了伤寒。当时一位名叫约翰·吉姆森的美国黑人牧师刚巧在上游河岸的亚维萨①设立了一间简陋的医疗所，他的双亲在那里咽下了最后一口气。当时布拉维托才不过两三岁。很快，吉姆森牧师就必须再度启程前往巴拿马市，于是他带着这个小孩一块儿上路，并给了小孩自己的教名，以基督教义启发教养他长大成人。他期盼这个印第安青年将来能够回到自己的族人身边，宣扬基督精神。然而，有一天，布拉维托跑到马拉尼翁的一间赌场喝酒，遭到牧师训斥，他索性买了票跳上一艘开往达连的船，就这样回到了河边。

他对森林生活的艰辛毫无所悉。这个年轻人隶属沃纳纳斯部落，精瘦强悍，脸庞俊秀，浓密的黑发往后梳得服帖。布拉维托是他的父母在他出生的时候给他的小名，因为他看起来暴躁易怒，牧师保留了这个小名。

印第安族群素来不欢迎他这类部落的叛徒。布拉维托沿着河岸找寻亲人，一路上族人冷眼相待。终于在河的最上游，比一般称为特雷斯博卡斯（即三源头，因为河的起源处有三溪汇流而得名）的地方更远一点，他找到了他叔叔。他跟着向印第安人兜售油和米的黑人贩子划着独木舟历经了一段仿佛走不到尽头的漫长旅程，当他历尽艰险终于抵达目的地的时候，不禁感到些许失望。河水泥黄，两岸耸立的高大林木，密不透光。一路上，只见几户黑人的屋舍和永远沉默寡言的印第安人蜗居的破草房。布拉维托每晚席地而睡，用衬衫盖住脸阻隔蚊子的恐怖攻击。茅草屋内的木头地板上极小的蟑螂密密麻麻四处流窜，偷吃食粮，甚至连见证他与牧师曾共同生活的唯一纪念物——收音机——都不放过。

布拉维托找到他叔叔安德烈时，全身烧得发烫，非常虚弱。他们找来一名巫师。巫师是个瘸腿的老人家，名叫特克莱，他强迫布拉维托灌下一种比黄连还苦的汤药。自从布拉维托抵达河的上游源头后，接下来的几天几夜里他像中了邪似的不断呓语而且狂吐，然后不停地冒汗，等他清醒时身体已经痊愈。

安德烈叔叔的家是一间宽大的印第安茅草房，屋顶像是树叶编织的巨大阳伞，覆盖着底下的黑色木头地板，木板一片片固定在离地四米高的木桩上。经历过船舱舱底的窒闷，看尽沿岸密密麻麻的破败小屋之后，布拉维托已经懂得欣赏这大茅屋之美。这屋子四周没有墙，房内也没隔间，但是白天有凉阴避暑，微温的夜晚更可听

---

① Yaviza，巴拿马小镇，镇里几乎都是妓女和酒吧以满足暂时进港的船员需求。

雨滴轻轻敲打屋顶的自然天籁。河水蜿蜒流经底下的香蕉园，布拉维托非常喜欢川流不息的河水淙淙。

他什么都得从头学起：每天早早出门工作，整理香蕉园或甘蔗田，一只手拿大弯刀，另一只手紧握木棍，要不然就是拿斧头砍树搜集柴火。他必须学习如何在森林里寻找方向、走路无声，如何爬上人心果树摘果实，要习惯在黄昏时排便，习惯整个人从颈部以下没入水里，安坐河床不理会鱼群啮咬。尤其要学会族人的语言，这一点比他想象得要容易。那些语汇仿佛一直在他的内心深处，蛰伏冬眠，族人们七嘴八舌逐一将它们唤醒。

就这样，六个月后，顿时苦尽甘来。刚开始不愿和他往来的人现在一个个跟他称兄道弟，分担他的工作，和他有说有笑。安德烈叔叔以及与他同龄的堂兄富洛不再嘲笑他，好像他一直都住在那里，从来不曾离开。妇女和小孩也不再闪躲，看见他从田里回来时，都会亲切地问候他。布拉维托变了：原先身上浓浓城市味的衣衫早已破烂脏污不堪，脚上的鞋子根本不耐跋山涉水。他赤足走路，皮肤在阳光的洗礼下变得黝黑。他唯一称得上美的地方是他的头发。他定期修剪头发，固定往后梳，再抹上香喷喷的发油。

这段适应期间，布拉维托首次注意到妮娜。在他亲眼见到妮娜之前，他就已经知道这号人物了，因为叔叔一家经常提到她，尤其是年轻小伙子。每个男孩都夸口曾和她说过话，甚至有人还说曾经和她约好半夜到她的帐幔底下幽会。但他们叙述的口吻和方式明白地表现出他们在编故事。布拉维托曾当面问他的堂兄有关妮娜的事，他堂兄笑着说妮娜这种女人不适合他。他的堂兄告诉他妮娜的父亲从前隶属国家警卫队，是个黑人警察，她的母亲是印第安女子，据说还是西马罗纳族人，所谓的未开化部族，是被她的黑人警察父亲在森林里捉到的。他们一家住在河上游最里头的房子，就在特雷斯博卡斯附近，也有人说以前经常有哥伦比亚的白粉走私贩在他们家接头交易。

一天，送走雨季的最后几场雨之后，布拉维托和堂兄富洛以及另外两名印第安青年一起出发到森林里打猎。安德烈叔叔把自己的猎枪借给他。他非常激动，因为这是他生平第一次踏进森林。两天来，他们锲而不舍地追踪一头公鹿的足迹，到了第三天早晨，他们终于在溪谷深处找到它并杀了它。布拉维托开了枪但是没有打中，但大伙儿还是平分了这头鹿，他得到一只腿。返家的途中，布拉维托打下一只在树上栖息的野火鸡。他们一行人穿过森林走到特雷斯博卡斯附近，就在三股激流前的河岸边生火烤野火鸡。打从走入森林狩猎开始到现在，他们仅以野生浆果和树叶果腹，其他几乎什么都没吃。

夜幕逐渐低垂。夕阳余晖洒在三股激流的水面上，阳光逐渐黯淡，浓密的林木早已漆黑一片，找不着出路。大伙儿坐在河岸边大口吃肉，这时妮娜出现了。她刚捕完鱼正要回家。望见这群年轻的印第安小伙子，她停下脚步。布拉维托从来没有见过像她这样的女人。在落日最后一道余晖的烘托下，她显得极为高挑，手臂很长，脖子极细。她全身肌肤闪耀着古铜色泽，一头典型的印第安女孩拥有的浓密黑发，但是身上套了一件黑人妇女平常穿的棉布长袍。她往他们这边走过来，双足赤裸，手上提着一只篓子，里面放着她钓来的或是叉来的鱼。这群老把她挂在嘴边的小伙子突然变得鸦雀无声，畏首畏尾。妮娜靠过来，和他们距离如此之近，布拉维托连她金黄色的瞳仁都看得一清二楚。她用西班牙语和他们说话，口气里透着黑人对森林野人的鄙夷和自我优越感。她望着布拉维托问道："这是谁？"他意识到自己的心跳加快，顿时变得跟伙伴一样语塞，完全说不出话来。布拉维托很气自己。但是妮娜早已沿着河岸头也不回地走了，脚步轻盈，一派轻松。这时，这群年轻人才又打开话匣子拿她开玩笑。布拉维托更是气愤。难怪她要鄙视他们，他们竟然没用到这种地步。

接下来的几个星期、几个月，布拉维托无时无刻不在想她。他回想当她的身影静悄悄地出现在暮色之中湍急的溪流边时自己感到的一阵悸动，她那包裹在湿透的长袍底下苗条的胴体，还有当她望着他时眼里闪动的金色光芒，这一切全印刻在他的脑海里，分分秒秒，反复上演，弄得他彻夜难眠。原先那四个印第安小伙子坐在河岸边呆看着她嘲讽的眼神、连大气都不敢出一声时，他内心产生的懊恼和愤怒逐渐淡去。

老实说，布拉维托也不是未经世事。早在他逃离城市的几个月前，他曾在马拉尼翁跟一个黑人女孩有过一段情。那女孩在一间美国酒吧当服务生。甚至可以说他离家出走有一部分是因为这个女孩的关系。他不想听吉姆森牧师训斥。反正牧师最后总会知道，四处都是虔诚的教徒，都是他的最佳眼线。

正因为这样，布拉维托第一次遇见妮娜的时候才会那么生气。他一直以为在森林里他和所有的人都是平等的。但他从妮娜打量他和其他伙伴的眼神中看出，他只不过是个印第安人，是个有人对你讲话时必须闭嘴低头静听的野蛮土人[1]。

打从那天起，他的态度有了转变，但他却毫无知觉。过去漫长雨季的数个月里，他全心投入适应新生活，几近急切地学习，寻找家族核心分子的认同，但这一切努力霎时全被抹煞，变得毫无意义，只因为这个女孩子的一个眼神，和她脸上的不屑跟轻蔑。

现在，布拉维托可以了解他叔叔肩上承受的生活担子有多重，他像个奴隶般在田里干活。每天清晨，天才蒙蒙亮，他便往返于一排排香蕉树间，手拿弯刀蹲着开垦锄草，一直到烈阳当头才停。大伙必须在森林开垦，举起大斧头砍树，将树干扛上流血的肩头。龙卷风肆虐后，还得去找棕榈叶修补屋顶，拖树枝回来巩固木桩。唯一的娱乐就是庆典，大伙纵酒狂欢三天三夜，印第安人随着手风琴和鼓的旋律节奏尽情起舞，喝到倒地不起烂醉如泥才罢休。在这当中，年轻人拖着身体早已不听使唤的印第安女孩躲进枝叶茂密的小丘里，云雨之后，翻个身，兀自躺在污泥里呼呼大睡。有时候，放纵过了头，也会出现打群架的场面，起因都是些鸡毛蒜皮的小事。男人大打出手，拳脚齐飞，甚至还曾经亮出刀子闹过人命。

雨季结束，布拉维托参加了生平第一场庆典。他跟着堂兄富洛沿着河流走，天快黑了才走到举行庆典的印第安村落。他们老早就远远听见乐音飘扬，低沉的鼓声伴随着手风琴的鼻音。当中还夹杂着怪异的尖叫，狂野尖锐一如鸟嘶。整个下午马不停蹄地赶路，富洛和他早已满身大汗，于是他们跳进河里先冲个凉。他们全身剥得

---

① 原文 cholo，指欧洲、拉丁美洲混血儿（mestizo）与纯种拉丁美洲印第安人结合产生的后代。

精光，在乌黑的河水里游泳。密林之上，天空只见微弱金光，蝙蝠在河面上盘旋。清凉的河水舒服极了。布拉维托细心地慢慢梳理头发，富洛则猛在身上熏香。接着他们穿好衣服朝举办庆典的屋子走去。平台上已经挤满了人，男男女女，也有小孩。房子的中央有一个黑人和一个印第安黑人混血儿正在演奏昆比亚舞曲，男男女女双双对对围着他们两人踩着强劲有力的奇特舞步。中间挖空充当梯子的树干横倒地上，富洛和布拉维托只好爬着木桩上去，在木头地板的边上坐着。就着煤油灯散发的刺目灯光，印第安人挤在一起，低着头，大汗淋漓地舞着。女人戴着沉甸甸的银项链，每踏出一步，脖子上的项链就跟着身体摇晃，发出金属撞击的叮咚声响。男男女女都用树汁将身体涂黑。大伙从下午就开始喝，有些人已经醉到不省人事，倒卧在屋子地板上。富洛拉着布拉维托到酒桶前，里面满满是用甘蔗汁和酒精浓度高达九十度的烈酒调成的甜酒。富洛用葫芦勺舀了一勺，他先喝了一口，然后把勺子推到布拉维托面前。音乐震天价响，根本无法交谈。印第安女孩们坐在地板边上等着，有的抽烟，有的甚至直接拿着一瓶酒精浓度高达九十度的烈酒猛灌。熏天的酒气和烟味，混合着臭汗和呕吐秽物的酸腐，布拉维托觉得头昏，思绪开始混沌。他睁大迷蒙的双眼四处搜寻富洛的身影，发现他混在人群中跳舞，低着头，双脚用力踢踏震动的地板。

布拉维托朝喝酒的女孩们走过去。这群女子笑意盎然地盯着他，嘴里还不停地在彼此耳边低声唱歌，身体也跟着不停地摆动。其中一个女孩站起来。布拉维托认出她，是埃尔维拉。埃尔维拉的家离他叔叔家不远。她的丈夫离开了她，因为他们的小孩一落地，她就把孩子杀了。她面孔甜美，两颊颧骨高耸，狂野自然的秀发令人惊艳，不过她的身材已经显得臃肿，肩膀太宽，胸部平坦好像没有发育完全。从脸庞的下半部开始，她全身涂黑，炯炯有神的双眼迸跳热情的火焰。

夜色中，布拉维托和她一起跳舞跳了好久好久。当乐师终于暂停演奏，稍事休息顺便喝点酒时，埃尔维拉仍旧全身贴在布拉维托的身上，两人就同一个碗喝调了甘蔗汁的甜酒。埃尔维拉的眼神狂乱，汗水汩汩地沿着脸颊和身躯滑落。突然间，布拉维托觉得胃部翻搅，就快要吐了，他急忙跑到地板边上大吐特吐，然后转身倒头便睡。

一阵尖叫将他惊醒。屋里的另一头有两个男人蹲伏着身子互相叫嚣挑衅。跳舞的人慌忙让开，两个男人向对方冲过去，想要用头敲掉对方的牙齿。然后他们冲出屋边，落入一地的烂泥巴里，其他人又开始合拢跳舞。布拉维托纵身一跃跳下屋子，朝黑漆漆的夜里走了几步，埃尔维拉也跟着跳下来，抱住他的脖子。架在木桩上的屋子里，那群印第安女人依旧坐在地板边上说笑抽烟，或彼此喃喃低唱着别人听不清楚的歌，敲打着胸前的项链。在漆黑的森林里，埃尔维拉领着布拉维托走到一个地方，手风琴的琴音变得飘忽。她脱掉裙子躺在地上，他们激烈地做爱，大声地呼喊直到声嘶力竭。激情过后，他们躺在地上彼此缠绕，全身脏兮兮，汗流浃背。布拉维托听见潺潺流水就在他们身边滚滚向前奔流，仿佛要把这一切都带走。

布拉维托尤其喜欢森林。特雷斯博卡斯是蛮夷世界的边界。再过去，就是未知之境，枝叶更茂密，更寂寥。没有河流没有山径。

只有几股泉水绕着山岩奔流，有时候整个儿被连绵参天的枝叶所遮蔽，还有陡峭的高丘，岩石滑溜，云雾飘渺，仿佛是天地诞生的最初之地。更远一点，一股泉水奔流入峡谷，传说从这片峡谷进去，翻过山头，山的另一边就是魔法山谷，一幅画在那里伸展开来，画上画着一只全身乌黑的凤冠雉，顶着金黄色的鸡冠，据说是魔鬼把它放在那里的。

布拉维托进森林狩猎的次数愈来愈频繁。起先，他跟着他叔叔，要不就是跟着堂兄富洛一起去，因为他对森林的了解还不够，也不知道该如何追踪鹿或野猪。但慢慢地他学会运用自己的感官，闻出猎物的所在，搜寻最微不足道的痕迹——一根折断的树枝、干涸溪底泥沙上的足迹，他甚至还会用舌尖舔灌木丛的叶子。这些知识逐渐回笼，在他的身上找到它们原来的位置。早在他有能力学习运用这些本能之前，他就离开了这个世界，但这些技巧就跟他的母语一样，逐一地全部找回来了。每一条线索、每一个符号都正确无误地在他身上找到了属于自己的位置。这里所有的人似乎都觉得理所当然。他自己几乎也忘却了他曾跟着黑人牧师生活的那好几个年头、他在学校里应该熟读背诵的课文和祈祷文，以及人声鼎沸的马拉尼翁街道。

一天，他跑到河的最高点，也就是特雷斯博卡斯附近打猎，回来的时候背上驮着一只体型硕大的鹿，用猎枪的肩带固定住。他想再见妮娜一面。于是他回到那片河岸，也就是他第一次见到妮娜的地方，面对着滚滚激流坐下。果然，向晚时分，妮娜的身影出现了，她捕完鱼回家，手上提着装鱼的藤编篓子，肩上扛着长长的鱼叉，末端系着铁钩。他看着她走近，她还是美得令人屏息，窈窕黝黑的肌肤包裹在饱经日晒雨淋的旧棉布长袍里。布拉维托的心跳加快。妮娜经过他身边，好奇地望着他，好像从来没见过他这个人似的：

“你是谁？”

立刻又接着问：“你是哪来的？”

布拉维托说：“我是住在森林里的野人[①]。”

他边说边带着挑衅的意味抬头用下巴指出森林的方向。

妮娜大笑：“森林的野人！”

她指指那头鹿。

“那是什么？”

“我今天杀死的鹿。”

妮娜说：“也许我爸爸会跟你买这头鹿。跟我来。”

布拉维托完全没有移动的意思。妮娜感觉到他内心的犹豫，她双眼射出金黄色的光芒，仿佛着恼似的：“跟我来，来呀！”

她稍稍平和地加了一句：“我家离这儿不远，往下一点就是。”

布拉维托抓起鹿担在肩上，跟着她走。现在，他已经感受不到第一次妮娜看他和同伴时，那种令他心跳加速的愤怒和羞愧感。妮娜的眼神变了，她走路的姿态也变了。显得忧心忡忡，显得更纤弱。

他们走到房子前面，妮娜率先爬上屋，做手势示意布拉维托在下面等。她的屋子跟印第安人的一样，四面没有墙壁，不过地基的木桩比较矮，而且屋前架设了真正的木头梯子，不像印第安人仅用

---

① 原文为 siespiem。

一截挖空的树干杈充。

妮娜挥手叫布拉维托上屋：布拉维托把鹿放在梯子旁边的地板上。炉火边有一位上了年纪、脸型瘦削的印第安老妇人在扇火。

妮娜的父亲躺在绳编的吊床上晃呀晃。他是黑人，高大健硕，身上还穿着警卫队的卡其制服。他一看到布拉维托，立刻停止摇晃。

"你是谁？"他问。

"约翰·吉姆森。"布拉维托回答。

大块头黑人细细地打量他，伸手摸着自己光秃秃的脑袋。

"你就是那个牧师的儿子？"

"是的。"布拉维托说。

"你回来了？回来长住吗？"

布拉维托没回答。

"反正你也没必要现在决定。你有的是时间。"

这段时间里，妮娜走到炉火旁边蹲下，和她的母亲一起把鱼准备好放在炉火上烤。布拉维托很惊讶地听见她和她母亲之间是用印第安土语交谈，而不是西班牙语。妮娜的父亲掂掂那只鹿的重量。

"你要卖多少？"

"一盒子弹。"布拉维托说。

黑人放声大笑，重新坐上吊床，缓缓地摇摆。

"一颗子弹换一盒，很好，真是桩好买卖。"他说。

眼看布拉维托没答腔，妮娜的父亲走过去拿了一盒子弹给他。布拉维托又饥又渴，双脚因为赶了一整天的路而疼痛不已。妮娜和印第安老妇人忙着烤鱼和芭蕉，香味四溢，令布拉维托垂涎三尺。

现在，夜已经完全降临，他真想留下来，留在这间屋里，盘腿坐在地板上，饱餐一顿，然后在两个女人吟唱似的印第安土语对谈之中入睡。黑人的话将他带回现实：

“还有别的事吗，小土著?”

布拉维托望着他，一脸茫然。这是第一次有人用这样充满不屑的字眼称呼他。于是，他默默地走下梯子，离开。参天古树洒下的夜晚凉意在风中呢哝。布拉维托往回走，赶着在森森黑夜逼近之前回到上游河岸。他找了一个有大树遮蔽雨露的地点，用手把地上的泥土抓平整，然后坐在上面等着暗夜来袭。

饥饿啃食他的胃，内心的愤怒让心脏狂跳，然而他望着满天彩霞，心绪逐渐平复。在河的上游高地，靠近源头的地方，森林显得更加纯净，独立于凡尘俗世的一切。万里无云的天空渲染着琥珀色霞影，湛蓝的湍急溪水泛着火花光彩，岸边的鹅卵石还是温热的，还有那些树：连绵参天，茂密枝叶沿着山谷一望无际，封锁了山林小径，好像在护卫着一个神秘的魔法国度。在这里，森林的中心腹地，住着各色群鸟、啼声不绝的猿猴，还有一群群野猪，根据印第安人的说法，这些野猪知道通往下界国度的入口在哪里。蜿蜒环绕山间的狭隘溪谷之上，住着一位不知名的仙人，掌管暴风雨和黑夜，他居住的仙殿有风冠雉的雕像护卫。胆敢靠近的人将悉数被卷入乌云之中，随之霎时洒下的狂风骤雨将人的尸体冲走。然而，那里也许正是吉姆森牧师讲道时描述的人间天堂，在那里无所谓善与恶，野生动物懂得人话。

布拉维托坐在河岸边，倚着大树，在枝叶的遮蔽保护下，目不转睛地望着天幕。等他看见第一颗星星坚定如灯塔般散发银光时，他躺平身体准备睡觉。黑夜里冷风飕飕，一阵阵好比冷冽流水，布拉维托聆听着风声飒飒交杂流水潺潺。

一抹鬼祟的黑影将他惊醒。他顺手举起猎枪。那抹黑影直直朝他走过来，好像他人暴露在大白天底下一样。他大喝一声："谁在那里？"随即认出：那是妮娜。妮娜走到他面前蹲下，递给他一个陶盘，上面装满了食物。从盘子飘出来的味道判断，那是刚才令他垂涎三尺的烤鱼和芭蕉。他大口地狼吞虎咽。

妮娜安安静静地蹲在他身旁。布拉维托吃完后把盘子拿到溪边清洗，同时洗洗嘴和手。然后往回走到大树下。妮娜接过盘子起身准备离开。

"求求你，别走。"布拉维托恳求。

"不行，我爸会杀了你。"妮娜说。

布拉维托开玩笑地说："我有子弹可以自卫。"

她说："他不喜欢我和印第安人说话。"

"为什么？"

"他不喜欢印第安人。他把他们说得一文不值。"

"可是你妈妈是印第安人啊？"

"那不一样。"

布拉维托停了一阵子没开口。

"你又为什么拿东西给我吃呢？"

"我想你一定饿了。你好笨，连块鹿肉都没给自己留下。"

夜里百虫争鸣。布拉维托好希望时间能够永远停留在这一刻，在这里，这片河岸，深蓝的天，湍急的流水，还有他面前的妮娜。他看不见她的脸、她的眼，但是这香气渗入他的心扉，让他忘却其他一切。

“我爸说你不是森林的野蛮人。他说你来这里之前，曾经在城里住过。”

妮娜说话的声音透露点点哀怨。布拉维托继续打趣着说：“你爸随口乱编的。我早就不记得城里是什么样子了，我住在森林里，我是个猎人。”

“人怎么可能会忘记以前经历过的日子呢?”女孩微微颤抖着说。布拉维托拉她的手。

“你怎么了?”

妮娜的声音透着古怪，低沉而飘渺，仿佛快要哭出来了。

布拉维托听到了她说的每个字，却不明白个中涵义。

“我好想……我好想离开这里，到城里去，不要再见到这里的人，这间房子，这条河，这座森林。我好想变成另一个人，逃走，逃离这里。”

“可是为什么……”布拉维托才起了个头便停住了，因为妮娜已经听不到他说话了。她早已走远，起先沿着河岸安步走着，然后迈开步伐往前跑。布拉维托跑过去追她，她突然停下脚步转身面向布拉维托。她的声音在黑夜里回荡，那尖酸讽刺的口吻，跟他们俩第一次见面时一模一样，硬是让四个印第安青年垂下头。她说：

“不要过来！不要再回到这里了，走私贩子不喜欢印第安人到这里来。他们会杀掉你的!”说完，她的身影消失在林子里。过了一会儿，布拉维托听见妮娜家那只狗的吠声。树底下，只有夜、溪流、虫鸣吱吱。

现在，布拉维托不再寄住安德烈叔叔家了。他搬到更下游，埃尔维拉的家里。他离开叔叔家并没有特别的理由，或许只是想省事一点，不用再大半夜里走老远的路去找埃尔维拉。埃尔维拉的屋子就建在河上，垫着底下的一块大岩石搭起来，一边悬空，下面是深深的水潭。据说，这间屋子原本的主人是个美国人，来这里淘金，他在此居住的痕迹只剩下他用火药将岩石表面炸开的小洞，充当爬下河道的梯子。埃尔维拉的房子是她一手盖的，没有人帮她。她用大斧头砍树，把树干固定在岩石表面的小洞上当桩子。她搜集了绿色棕榈叶编成屋顶，黑色藤条织成地板。现在，住在河上游、邻近特雷斯博卡斯的美国佬摩根宣布他需要这块岩石当船渡口，以及岩石上方的空地，用来建造直升机起降坪。但是埃尔维拉很喜欢这块岩石和她的房子，拒绝搬迁。

布拉维托并不爱埃尔维拉，不过埃尔维拉很温柔而且容易得手。布拉维托跑去特雷斯博卡斯附近打猎，就算一连失踪个几天，她也从不问东问西。她之所以有这种表现，一方面是因为她已经习惯一个人过日子，好多年孤独惯了，另一方面则因为她比布拉维托大好几岁。

布拉维托喜欢埃尔维拉的嗓音。尤其在她几杯酒下肚后，还有几次在傍晚的时候，光线稀落，她坐在房子的中央唱着歌。她不是特地为布拉维托而唱，她不为任何人。她为自己而唱，上半身左右微微来回摆动，脖子上的金属项链随着节拍相互撞击，一头长长的黑发沿着脊梁拖垂至地面。这是布拉维托此生听过最棒的嗓音，如此优美，如此纯净。一开始有如细细的涓涓流水，很细很清，音极高，细到几乎听不出来。慢慢地，埃尔维拉的嗓子开了，声音弥漫整个屋子，笼罩布拉维托的头、身体，然后在鸟叫虫鸣的幽晦森林飘荡开来。声音如此高亢，清亮，不似人间有。

布拉维托聆听埃尔维拉歌咏，静静地，他觉得埃尔维拉的歌声打开了他内心深处的秘密花园，一些早已遗忘的情绪和渴望。他定定地倚着支撑屋顶的一根木梁，凝神细听，甚至连大气都不敢出一声。埃尔维拉一个人在屋子的中央，挨着炉火，黝黑的脸庞和身体诡异地摇晃。她跪坐在自己的腿上，手臂放在膝盖上，缓缓地摇摆，浓密的发丝来回轻轻地扫过脸颊和前胸，左手掌顺着节奏拍击胸前的项链。有一支歌她是为一位死去的朋友而唱，她的这位朋友名叫罗莎，罗莎生前偶尔会在夜里过来看她。她如是唱着："我的好友，罗莎，过来坐在我身边！"歌词让布拉维托不寒而栗，好像埃尔维拉的这位好友随时会从另一个世界冒出来。埃尔维拉指着河，河的另一边，那是大拐弯开始的地方，她说："那里就是她的家，那里就是亡魂之都！"

歌声停歇，埃尔维拉躺在地板上，点燃煤油灯，目不转睛地看昆虫绕着火焰打转。布拉维托也跟着躺在凉凉的木板上，埃尔维拉紧紧地抱住他，仿佛很害怕。“你在想什么?”她问。“没什么。”布拉维托说谎。他心里想着妮娜，想着她的家，就在河的上游源头处，他想去那里。

秋末冬初，布拉维托撞见了走私贩。这段期间，河水变得清澈，蓝蓝的天倒映水面，水位大幅下滑，有时低到连河床都浮现，甚至形成小沙洲。船上不来，船员只能涉水走到红树林地带。河上游靠近源头的地方，空气冷冽，阵阵狂风在林间呼啸，垦种的香蕉树被吹得东倒西歪。

布拉维托喜欢这个季节。这是他生平头一遭有机会品味冬天。住在城里的时候，马拉尼翁的贫民区根本没有冬天，雨季过去，潮湿窒闷的热气接踵而来。太阳将屋顶瓦片炙烤得跟火炉没两样。

布拉维托是在亚维萨小镇碰见那些走私贩子的。那个时候的亚维萨（现在应该还是没变）镇上只有一条街，五十几间酒吧林立，一年三百六十五天，一天二十四小时，全年不打烊。大部分的时间里，多数的酒吧空荡荡的，只有酒保贴着柜台打瞌睡，等待客人上门。但是，也有些夜里，五十几间酒吧同时爆满。客人多半是印第安人，从附近各个河流流域过来贩售一船船的香蕉和玉米，然后把几个月来在田里辛苦耕种的收获在几个小时内喝个精光。

布拉维托跟着他的叔叔和堂兄富洛一道搭船过来，想到中国杂货铺买油和一些食品。采买完毕后，他的叔叔和堂兄就离开了，留下布拉维托，口袋里有五十几块，这是他在田里卖劳力换来的。从下午起，他从一间酒吧喝到另一间酒吧。薄暮时分，他踏进最大的那间酒吧，酒吧就坐落在河床上面。整座建筑都是木头搭建的，已经破败不堪，屋主是一位德裔的瑞士籍老先生，名叫舍林。他原本是来这儿淘金的，因为好高骛远异想天开，逐渐地败光财产，幸好及时转行卖酒。布拉维托一下船就投宿他这儿，而且他还蛮喜欢这位老先生，虽然饱受命运的捉弄，但是老先生还是不改风趣本色，并且保持一定的格调。大厅里客人零零落落，墙壁漆成刺目的绿色，唯一称得上奢侈品的只剩那台发出飞机引擎般轰隆巨响的电风扇和一台老旧的投币式点唱机，来来回回地放着那一百零一首昆比亚舞曲。布拉维托踏进大厅，有几个印第安妇女已经在舞曲的召唤下自顾自地在大厅中央跳起舞来，餐巾还挂在胸前。靠近柜台的地方，坐着几个印第安人跟黑人，都是些因为水位太低而搁浅了的船上的船员，其中甚至还有两个印第安人是来自森林的库纳族[1]，短小精干一身黝黑，剃着大光头，躲在角落喝酒。布拉维托已经喝了不少啤酒和康纳佐酒[2]，他的喉咙像着了火似的发烫。每爆出一阵吵闹或有人咚咚踢点唱机时，那声音就在他脑里回响放大，弄得他头痛欲裂。走私贩子团坐在大厅的最里面，靠近电风扇的地方。布拉维托瞥见舍林也在那里跟他们一块喝酒。他走过去想看清楚一

---

① Kuna，中美洲印第安人的一支。

② cañazo，当地烈酒和甘蔗汁调制的酒。

点。那些全是来自哥伦比亚的黑人，穿着长裤和卡其衬衫，脚上蹬着皮革缝制的厚皮鞋。他们全都带着武器。起先布拉维托还以为他们是军人。

布拉维托走过去，舍林起身友好地欢迎他，顺手递来一瓶威士忌。布拉维托于是过去坐在他们那一桌，还喝了一口威士忌。他的旁边是一个高大的黑人，口中叼着雪茄，盯着他看。布拉维托把酒瓶还给舍林，舍林接着把酒瓶传给身边的人，酒瓶就这样绕了桌子一圈。没有人开口。点唱机不停地嘶吼着哥伦比亚昆比亚舞曲。布拉维托坐着看那群印第安妇女跳舞。有些人已经跟黑人黏在一起跳双人舞。那些黑人笨拙地踏着舞步，腋下还紧紧夹着餐巾。酒、音乐、汗臭如此强烈，布拉维托觉得头昏，反胃。他想离开大厅，还来不及走出门口就已经翻肠倒肚地吐起来。他跪在门边的地板上，大口大口的秽物倾囊而出，灼痛他的嘴。大厅的服务生是个高大的印第安非洲混血儿①，把他抬起来粗鲁地推到门外的黑夜里，嘴里还念叨着不堪的字眼：土人，连喝酒也不行！角落里的走私贩还有老舍林冷眼旁观，边抽烟边轮流仰着脖子大口灌着威士忌，仿佛世上的一切都已经无所谓了。

布拉维托在黑夜中没走几步，身子一软整个人瘫在屋檐底下，倒卧地上，任由黄土沾染全身。没多久，他模模糊糊地感觉到有警察拖他进了警察局，那里东倒西歪地聚集着警察从路上捡回来的印第安人。翌日清晨，警察准备了一大缸黑咖啡，印第安人排队领取，每人一杯。布拉维托手伸进裤袋才发现他的钱都被偷了。坐在

---

① 原文为 zambo。

他身边的印第安人用手指指牢房外的那些警察，然后把手指按在唇上。

他们喝完咖啡，警察打开牢房放他们出来。户外阳光强劲，布拉维托一时睁不开眼。他跟着队伍，穿过亚维萨的街道，两旁的警察持枪戒备。路上，一群黑人小孩跑来跑去，跟着他们的队伍嘲笑他们，还朝他们扔石块。他们默默地走着，走到小镇的边界，眼前是一片杂草丛生的原野。此时警察发放弯刀和木棒给他们，他们于是开始干活。太阳毒辣，眼前一片昏暗。印第安人机械地往前挥动弯刀，割下来的杂草则用木棒往后拨，以半蹲的姿势往前进，那模样活像笨拙滑稽的怪鸟。弯刀刀刃到处是缺口，打在岩石上哐啷作响，加上急促的呼吸，形成一种单调的旋律。布拉维托用心聆听这旋律，其他什么也不想。阳光烧热他血液中的酒精，烫伤他的皮肤，试炼他的肉体。他们跟岩石一样顽强，无畏弯刀，坚不可摧。

劳动一直持续到傍晚。然后，一声长长的哨音响彻云霄。警察一个个全站起来，印第安人停止用弯刀攻击岩石。一个穿着制服、身材魁梧的黑人，手拿着枪，朝这边走过来，瞪着他们。粗犷的五官显示出他的血液内藏有久远的印第安血统，而斜视、涣散的目光给人一种冰冷疯狂的寒意。大家噤若寒蝉，大气都不敢吭一声。这个大个子突然转身，警察一窝蜂过来收回弯刀和木棍。自由了。大伙一屁股坐在自己割下的杂草上，点起几根烟分享。烟屁股传到布拉维托手上，他深深地吸了一大口然后传给身旁的人。“他是谁？”他问。身旁的人立刻明白他指的是谁。“是托尔警长，”他回答，“他跟那群走私贩其实是一伙的，这里的一切都归他管。”布拉维托听见身边的印第安人高声谈笑。这难熬的一天，还有钱被偷光等事，早已经被忘得一干二净。布拉维托想起妮娜，想到她面无表情的脸，淡淡的鄙夷神色，特别是她话中隐含的恐惧。他必须回到特雷斯博卡斯去，他一定得追查到底，弄个明白。

布拉维托下定决心定居森林。现在，对他而言，在森林生活已经是一种必需了，别的地方他根本待不下去。下游沿岸，河水混浊，夹杂着泥沙和秽物，那里的空气比河水更混浊，他根本无法生活下去。胸腔仿佛受到钳制压迫，他根本无法呼吸，整个人病恹恹的。这所谓的黑人城镇，无处不弥漫着排泄物的臭气，时时刻刻提醒他回想起在舍林的酒吧旁度过的那一夜：烂醉如泥的印第安人踉跄地践踏他的身子过去，甚至在他的身上尿尿，完全没看到他就躺在地上。还有监牢的味道，那是种淡淡的霉酸味儿和死亡的味道，当然还有在警察虎视眈眈下弯刀敲击土地的单调旋律。这些，他永远忘不了。

于是，他搬离埃尔维拉的住处，随身只带了一把弯刀和胸前那台收音机，只身往河川上游的水源处爬，去到比特雷斯博卡斯更深更蛮荒之处。在这里，他过着原始人般的生活，以野芭蕉、树根和溪里捕获的虾子为食。一天，他来到一处狭窄的山谷隘口，一片无垠的山峦由此往上延伸，笼罩云雾之中，据说魔鬼在那山巅崖壁上画了一只巨大的野火鸡，禁止生人入内。溪水湍急，水声如雷鸣贯耳，暴风雨席卷远远的山头。布拉维托待在这里，一待就是好几天，他怔怔地望着山谷的入口，不敢贸然闯入。

他下山回到特雷斯博卡斯，满怀希望地走到他与妮娜邂逅的河岸。一群黑人走私贩子占据了河岸，围着营火，蹲着吃饭。黄昏时刻，他朝着那群人走过去。其中一个高个子黑人直挺挺地站着，手上握着枪。过了一会儿，他认出布拉维托，立即高声笑着说："那不是那天一起喝威士忌的小土著吗!"其他人跟着放声大笑。布拉维托停下脚步，与他们相隔几步的距离，准备随时落跑。那个高个子黑人走到他身边，把手搭在他的肩上。于是布拉维托坐在营火边跟着大家狼吞虎咽，直到酒足饭饱。这群黑人彼此用一种很奇特的语言交谈，布拉维托听不太懂。饭后，大伙开始抽烟，人手一根美国香烟，嘴里喷出的烟草香令人渴望。走私贩子看见布拉维托身上挂着收音机，要求打开收听，可是电池老早就没电了。大伙于是躺下，卷在棉被铺盖里睡觉，只有那个高个子还兀自盯着通红的营火，用如歌吟般的特异语调诉说着。他说他叫若昂，家乡在巴西。布拉维托静静听着，不发一语，看着营火，时而抽口烟。走私贩子把枪放在河边，布拉维托心想，抢了这些枪然后把这些走私犯一个个杀光其实也不难。后来，他也躺在鹅卵石滩上睡觉，只是他没有铺盖，夜寒料峭，冷得他整夜睡不踏实。

打从那晚起，布拉维托似乎顺理成章地加入了那批走私贩子。他跟着他们走到哥伦比亚边界的山脉，帕洛-德拉斯莱特拉斯①附

① Palo de las Letras，哥伦比亚边境小镇，其名意为"标着记号的树"。

近，他在这打猎打发时间，等其他人背着装满的背包回来。然后他们一起沿着河岸下山，徒步涉水一直走到可以搭船前往巴拿马的地方。在等待下趟旅途的空当时间，走私贩子都往亚维萨河岸的酒吧买醉。现在的布拉维托已经可以大大方方地光顾舍林的酒吧了。大家都知道他跟走私贩有交情，没有人敢找他麻烦。高个子若昂甚至还给他酬劳，酬谢他替他们带路，偶尔还会交代他扛个背袋到船上。布拉维托很识相，从不发问，也不想知道袋子里面装什么。反正里面不是手表，也不会是香烟。有传言说背包里装着一包包绿色塑料袋，塑料袋里面装的是白粉，而托尔警长是第一个靠白粉发达的人，所以走私贩才能在他的管辖地区来去自如。大家都知道这些走私贩个个凶神恶煞，若在森林里碰见他们，包管只有死路一条，被劫掠一空。惨遭他们杀害的受害者多半来自南美的贫穷国家，如阿根廷、乌拉圭、巴西等，男男女女怀抱梦想，跋山涉水来到美国寻找出路。走私贩向他们索要过路费，如果他们胆敢反抗，便一枪结束他们的性命，尸体丢了喂秃鹰和蚂蚁。布拉维托亲眼目睹过好几次走私贩私下分赃，有钱、珠宝和手表。他倒不觉怎样，完全置身事外。他只是随时小心提防，手上的弯刀一刻也不离身，甚至连睡着的时候也紧紧握着。

布拉维托的脑海里仍然只有妮娜。在走私贩回到特雷斯博卡斯、等着穿越山区的空当，布拉维托偷偷地跑到妮娜家。他躲在茂密的树叶后面，等她捕鱼回来。黄昏时分，裹在湿透棉布长袍里的苗条身影出现了，布拉维托发觉自己的心跳加速。妮娜是他见过最美的女孩。她仿佛感应到他的存在，笔直地朝他藏身的地方走过来。她的脸是那么的光滑，纯净，古铜肤色，一双大眼藏不住内心的忧虑。他们简短聊了几句，特意压低声音免得引起她父亲的注意。之后她回家煮鱼，香味随着轻烟阵阵扑来。不一会儿，妮娜仍旧用那只上了釉彩的陶盘带鱼给他。

一天晚上，走私贩子已经出发往河下游去了，布拉维托一个人留在河边，妮娜出现了。她来到河畔，一如往常地双脚交叠蹲着，随时可以一跃而起。时值入冬，圣诞节将至，夜美得不可思议，繁星如斗，布拉维托从来没有见过这样的夜，寒冷却明亮。他们谈了好久，仿佛时间已经停止，世上除了他们俩没有别的。妮娜说话的时候，布拉维托静静地望着她，她的脸在深蓝色的夜影下只剩模糊的轮廓。她谈到她的父亲，她父亲很讨厌走私贩，因为生命受到威胁，她父亲被迫彻夜持枪戒备。她不停地说：

“我要离开这里，现在就想走。”

“为什么？”

“因为我再也无法待在这里了，我好怕。”

“你父亲呢？”

虽然四周漆黑，布拉维托仍极力寻找她的双眼。

“我爸爸说他们都是杀人魔，你怎么会替他们工作？”

“因为没别人要我。”

“他们会杀死你的。”

她的声音仿佛从牙缝中迸出来，她不停地说，脸不时朝河下游张望，好像在认真地寻找逃走的路径：“我一定要走，一定要走。”

布拉维托想对她说两人一起走吧，但是喉咙干涩得说不出话来。

“那你想什么时候走呢？”

“我不晓得。我爸爸不愿让我走。他不想离开这里。无论如何，我是决心要走，等我攒够了钱，我要到城里去，再也不要回来。”

他们两人分享一根烟，默默地交换着抽，眼神茫然掉落夜色中，四周只剩河水淙淙。布拉维托的心狂跳，双手微微颤抖，他顿时明白这可能是他们最后一次见面。为什么这一切不能够持续到永远呢？隐没黑幕中的河水依旧滔滔不停，不舍昼夜，鹅卵石滩反照点点星光，风穿梭林间，蚊子拂过他们的脸颊，森林里的生命生生不息地延续着。还没到绝望的地步，强盗不在这里，死亡的威胁暂时解除。他闻到身边这位女子的体香，醉人的香气，夹杂着浅浅的胡椒辛辣，这是他第一次闻到。长久以来，布拉维托无时不渴望这个时刻的来临，现在如愿以偿，却怯懦不敢上前。他想到妮娜之前跟印第安人说话的模样，声音里明显的不屑，而那些印第安年轻人一个个头也不敢抬，更遑论回话。他伸手想拿香烟，妮娜早把烟屁股远远丢到鹅卵石滩上，结果布拉维托抓到的是妮娜的手指，把它放进了嘴里。接着他的双手沿着手臂往上游移，先握住肩膀，然后顺着肩胛骨往下滑，现在妮娜整个人都躺在他的怀里。他低下头搜寻她的唇。妮娜人往后仰顺势拉直身子，一双长腿蹬直。布拉维托心想，完了，她要走了。然而妮娜伸手拉他的手，将他拉起来。两人紧紧相拥，仿佛在跳舞。妮娜说：“我们到那边去，离开道路，免得有人经过撞见。”妮娜拖着他顺着一条快要干涸的小溪往树林子里走。枝叶茂盛的树荫为顶，冰凉的泥土为床，他们尽情疯狂做爱，良久良久。之后，他们依偎着躺在地上，一直到全身发抖，冷到受不了了才起身。妮娜跳进小溪里梳洗，布拉维托回到河畔寻找他的棉布被单，两人生了一把火取暖。布拉维托一直没开口，妮娜问："你在想什么？"布拉维托心里正想着刚刚发现的事，妮娜不是处女。妮娜再度开口："你现在明白我为什么一定要走了吧？"她的声音里满是不耐烦，她根本无法安静地坐下。她说："那个时候，若昂还没有加入走私贩子。他跟我爸爸一起工作。他想要在下游的地方造一间锯木厂……后来我爸爸发现了我们的关系，他和若昂大打出手，他想杀死若昂。于是若昂跑去跟走私贩搞在一起，现在变成他们要我爸爸的命了。"布拉维托觉得自己的心跳愈来愈快，他走到妮娜身边将妮娜揽入怀中，好紧，好久。他们躺在河边，裹着被单，以树叶为床。布拉维托觉得自己被无上的幸福包围，每隔一会儿他就睁开眼睛然后用力抱紧妮娜，确认妮娜真的躺在他身边，这一切不是在做梦。

接下来的几个星期，妮娜留在他身边，仿佛时间已经停止转动。布拉维托在特雷斯博卡斯为妮娜建了一间屋子，圆形的屋子上面盖着树叶编织的屋顶。刚开始，妮娜每天晚上还会回她父母家，而布拉维托跟在后头跑到林子里偷看她帐幔的灯点燃。有一天，妮娜的父亲勃然大怒还动手打她，妮娜于是干脆搬过来与布拉维托同住。他们快乐得如在天堂，完全忘了潜在的威胁。妮娜每天早上带着鱼叉和钓鱼线出门捕鱼，布拉维托陪她一道去。他很喜欢看妮娜纵身跃入潭中，在急流中消失踪影。妮娜可以长时间闭气在水底悠游，有时候时间拖得太久，布拉维托就会紧张得好像自己也快要吸不到气似的，两眼直愣愣地注视水面，一脸担忧。妮娜潜进潭水深处，追捕眼睛银白通体水蓝的大冬穴鱼或鲤鱼，甚至还会直接伸手到水底岩石缝隙揪出鲶鱼。妮娜在河边煮鱼，搭配在印第安人的田里捡拾的芭蕉或芒果。

走私贩一直不见回来，布拉维托虽然没有枪，还是得去打猎觅食。他先尝试设陷阱，但是收获不大。顶多偶尔捉到只刺豚鼠或是只鸟。没有枪在肩上，森林仿佛变得不可侵犯，高深莫测。远离河岸的那一头，是窒闷沉重的死寂，危机四伏。夜里，当妮娜不在的时候，布拉维托躺在屋里的木板上，倾听急流澎湃，以及仿佛来自森林最深处的雨滴窸窣，间或蹦出受光线吸引盲目横冲直撞的昆虫飞行嗡嗡。

无论如何，和妮娜在一起的日子是美好的。在水潭底，他们双双睁着眼睛潜泳。鱼虾见到他们纷纷避开。接着妮娜的手往前伸，前端装配铁丝的长鱼叉叉住一条急速奔逃的鱼，鲜血如云雾扩散水底，吸引大群鱼身透明而嗜血的小鱼现身。他们在冰冷的水里悠游，累了才拖着湿漉漉的身子浮出水面，湿透的长袍紧紧贴住妮娜修长的胴体，曲线毕露。两人并肩坐在卵石河畔，直到他们重新感受到阳光暖暖地穿透肌肤。这段时间是布拉维托最喜爱的时刻。在河底长时间游泳后身体疲惫不堪，于是他们坐在那里，几乎一动也不动，望着光滑如镜的水在他们眼前流逝，水面好像一片液态岩石，蜻蜓争相抖翅，盘旋。

妮娜留下来陪伴他的夜晚，他们俩躺在特雷斯博卡斯小屋的木板上，随着日光逐渐黯淡，妮娜喃喃自语着。妮娜用几乎低沉的声音诉说着她母亲告诉她的诡异故事。故事发生在河的源头，那里住着一些野人，他们吃生肉，不知道什么是盐。故事里描述的是那条人迹罕至的峡谷，激流从云雾生成的高耸山头奔流落下。“没有人能进去那里面，我妈妈说如果人靠近那座山，天空立时变黑，非常黑，雨开始倾盆泼洒，溪水马上暴涨，来人便被卷入洪流里漂走。”那里正是布拉维托想要去的地方，穿过峡谷直攀山巅。“相传那里，峡谷的尽头，有一片高耸的黑色峭壁，峭壁上画着一只巨大的野火鸡，羽毛五颜六色，据说是魔鬼画的。不过就算有人真的走到那里，也会因为天空变得漆黑一片，而误以为太阳下山了。溪流的水将急速暴涨升高，淹没山巅。”布拉维托边听边笑着说：“他们怎么会知道这些事？又没有人真的到过那里。”

每天，布拉维托跟妮娜潜水到水流湍急的潭底，待在水里的时间愈来愈长。他们逆流而上，水面上漂流的小金砂反射的强光刺痛他们的双眼，高压水柱洗刷着他们的身躯。流水紧紧包覆他全身，他觉得舒服极了。夜晚，他望着从山上分流出来的三道小急流，就算妮娜不在身边、回家去看父母时，他仍旧依稀觉得妮娜还在河底，在神秘又熟稔的河水里。河水冲走了他过往的记忆。

布拉维托走到妮娜惯常捕鱼的河边，最先映入眼帘的是炊烟，接着是营地，然后才看到走私贩一伙人。一群人当中，只见大个子若昂穿着平常的军服，背着枪。还有一个年轻的印第安黑人混血儿，布拉维托以前没见过他。起先若昂拿着枪尖对准布拉维托，认出是他之后便大声地招呼：“是那个小土著，喝威士忌的那个！”布拉维托走过去，手上拿着弯刀，身上背着收音机。年轻的混血儿黝黑的脸庞上闪着一双清澈大眼。“要跟我们跑这趟吗？”若昂问，“季节刚开始，我们会跑很多地方，赚进大票银子。”布拉维托摇摇头：“不，我不行，我要离开这里了。”高个子靠过来，盯着布拉维托：“你干吗要走？”他的声音隐隐透着怒气，布拉维托觉得心跳逐渐加快。可是他并不怕这些走私贩子。他只是希望他们能立刻离开这里，还河畔一个清静，让妮娜能够继续来这里捕鱼。他摇着头重申："我不能跟你们一起走。"若昂点头表示失望："你不能这样丢下我们，我跟其他人推荐你，还说你是可以信赖的人。我是这样跟他们说的，对不对？"他转头征求其他人的附和，大伙散坐在岸边，都同声点头附议。只有那个混血儿紧闭双唇不动如山，双眼定定地盯着布拉维托。布拉维托不动声色，汗湿的弯刀握柄在他的掌心，捏得发疼。他知道他不能逃，如果他作势要跑将被当场击毙。河边整齐排列着一排背包，清一色蓝色的尼龙大型背包。"听着，"若昂说，"这次再跟我们走一趟，你可以赚很多钱，这票跑完了，你就可以离开，你高兴上哪儿就去哪儿。"说着把手搭上布拉维托的肩膀，"这趟完了，你可以去结婚，跟你的老婆安安稳稳地过一辈子。"他看着布拉维托的眼睛，慢慢地一字一字地把这些话说完，好像他早已知道布拉维托心里在想些什么，只是不愿意说穿。布拉维托想到妮娜。她一定瞧见了走私贩扎营的烟火，躲进森林里她爸妈家了。等他这趟跑完，而这些走私贩子回到亚维萨河畔等船起航的时候，他再回来带妮娜走。有了这趟赚来的钱，他可以买艘船，带妮娜两人一起去大城里，摆脱这里所有的一切。

那天夜里，布拉维托辗转难眠。他躺在卵石滩上，手握弯刀，面朝油灯，警醒着不漏掉任何声响。黎明前，走私贩已经起身默默地整装等待出发。他们扛起背包，布拉维托跟着他们沿着河岸走。要离开的那一刻，布拉维托转身回顾，搜寻妮娜的身影。他的眼前一片灰蒙蒙，空无一人。于是他跟着走私贩踏进森林，肩头背负的重担压弯了他的腰。走了一阵子之后，他开始走在队伍前面，引导他们穿过蜿蜒交错的羊肠小径。好几回，他真想把背包一扔，飞奔回特雷斯博卡斯。但是，也许太迟了。他想到要跟妮娜私奔用的船，如梦似幻：晨曦中，船顺着河流缓缓划向河口岸，两岸距离逐渐拉宽，河水出海，船直驶入群飞的鹈鹕当中。

第二天傍晚，他们抵达亚维萨镇附近，布拉维托发现身边不见其他人的踪影。于是他把背包放下，等落后的走私贩赶上，暮色中，他看见几个手持长枪的男人逐渐围拢靠过来。有那么短短的瞬间，他以为是走私贩赶上来了。后来他才发现是托尔警长魁梧的身躯，他的手上还拿着枪。他扔下弯刀，静静地束手就擒，眼神转向那条无人去过的峡谷。

夜里灾难降临。埃尔维拉被森林团团包围，就仿佛卡在裂缝深处动弹不得。男人都不见了，一个都没了。看不见的生物跑出来，有些吱嘎，有些咆哮，有些在木板的草席上爬行。成千上万的金色蟑螂在屋里聚集，织就一条万头攒动的活动地毯；蚊子、夜蛾则分别创作出一副副面具。

长久以来，埃尔维拉早已习惯拉下蚊帐、在夜间痴痴等待。她躺在铺着油亮草席的地板上，昏黄的油灯是唯一的光源。大床单的四个角用绳子绑在屋顶四方屋檐充当蚊帐，蚊帐内油灯灯火摇曳不定。大群的飞虫一到夜晚好像发了狂似的嗡嗡往灯火处聚集，冲撞蚊帐，撞晕头摔落地面，发出一种有趣的声响，有点类似雨丝落地的滴答，埃尔维拉心里这么想。躲在蚊帐里的埃尔维拉望着昏黄的灯火，转念："它们干吗一定要飞来灯火底下送死？是谁遣它们来的？"她静心聆听夜晚的自然天籁，河水规律的潺潺流动。她想起了布拉维托："今天晚上他会来吗？今天晚上，或者永远都不再来了？"她就这样静静地躺着不动，眼睛几乎眨也没眨地盯着这片灯火照耀下的蚊帐，过了好久她才闭上眼睛。她已经好久没合眼了。每到晚上，恐惧从森林的四个角落飙出，像一股遭到诅咒的寒风，充斥整间屋子，渗透河水，盘旋包围整个世界。于是她等着，等待月亮升起，高悬树枝顶端。她掀开蚊帐的一角，吹灭灯火，飞虫重获自由。她还想起她那没有缘分、其实自己并不想要的宝宝。现在的她，赤裸着前胸俯卧而眠，呼出来的气形成轻柔暖热的雾团喷上她的脸，她轻轻打个哆嗦。如果活下来，小女孩应该三岁多了，也许更大，应该会有一张遗传自她的圆脸，以及乌黑的头发。她想起她亲手扼杀宝宝的那个夜晚，她双手抡拳使劲捶打自己的肚子。宝宝一出生就死了，她也差一点难产跟着离开这人间。从那天夜里，她再也无法合眼。她盯着蚊帐上头摇曳不定的灯火。布拉维托来这里过夜时，她还勉强可以睡上几个钟头，虽然睡起来后她总是一身冷汗淋漓，疲累不堪。她想："如果布拉维托现在来，我就可以闭上眼睛，可以睡个觉。"不过，有人说现在他跟走私贩混在一起，协助走私毒品到船上。还有人说他搞上了那个住在河上游的黑人女孩，那女孩是走私贩的女人，是个妖女，肯定对布拉维托施了法术，迷惑他，把他玩弄于股掌之上。所以他才没办法回来找她，他再也不会回来了。

没过多久，埃尔维拉听见雨声滴答。连续着几个月的干旱之后的第一场雨。雨滴打在屋顶叶片上顺势滑落，一滴连着一滴凝聚成涓涓细流渗进土壤里。埃尔维拉喜欢雨。以前她还是个孩子的时候，每当天空飘下雨丝，她总是摸黑跑到外面，全身赤裸任冰冷的雨水打在身上，还张大嘴巴接雨水喝。但是，今晚，她不由自主地打了个寒颤，全身发抖，除了雨冷外还有来自心底的恐惧。埃尔维拉张大眼盯着摇晃的昏黄光圈，绞尽脑汁想理出一个头绪，究竟发生了什么事，又有什么事即将发生。

特雷斯博卡斯，雨开始落下，这里雨势更强，更冰冷。山巅上，溪谷源头处，雷声闪电阵阵。狂风骤起，卷起雨丝，帐幔被吹得如船帆似的鼓胀。雨中的森林变得寂静。只剩癞蛤蟆的叫声回荡，如笛音泣诉。妮娜耳里听着，心里想着她母亲说过的话："癞蛤蟆是不祥之物。"后来她又睡着了。一阵弯刀敲击声惊醒了她。她溜出帐幔外，借着闪电的光束，她看见楼梯底下有人，脑海很快浮现一个念头："狗呢?"就在此时，她看见了狗的尸体，头被砍断，抛在楼梯边上。她退回到帐子里头，吓得发抖。她的父母已经起身站在房中央，突然间手电筒强烈的光线打在他们身上。妮娜灵光乍现，想到藏在屋顶的鱼叉，不过要上去拿已经太迟了。那些人已经踏上屋，若昂不在其中。妮娜的父亲忽地转头，搜寻妻女的目光。他大叫："你们快逃，快!"看她们俩毫无反应，他整个人转过来，张开双手大叫："快走！快走!"只听到一声尖叫，妮娜的母亲把妮娜推下屋，自己也跟着跳下来。然后，妮娜开始没命地跑，脑子一片空白。她的身后传来恐怖的声音，好像有人在砍树枝，更像有人拿斧头朝已经倒下的树干猛砍。接下来，周遭是一片令人胆寒的死寂，比先前的景况更令人惊骇的是，后头传来沉重的脚步声，那些人来追她了。眼神专注坚定的混血儿在林间跳跃前进，沉重的呼吸伴随着某种马达声飘荡林木之间。妮娜跑得很快。她往森林茂密处躲避，本能地选择偏僻小径，穿越荆棘丛，借以摆脱对手的追逐。她觉得自己的心好像快要跳不动了。她想起她的父亲曾经在森林里追捕一头鹿，它纵身一跳冲进河里。就在水里，她父亲追到了那只鹿，精疲力竭的鹿奋不顾身地想逆流而上，丝毫不知这么做只是在加速它的死亡。然而，妮娜知道那里是她唯一的机会。没有人能够在水底追上她。

她走出森林朝河边狂奔，脚尖呼啸飞过被雨水打潮的鹅卵石。一阵旋风似的，妮娜飞奔到光滑如墨的大水塘前，她已经打算好，破开水面钻进水塘的最深处，任急流将她带走。水面辽阔绝美，平滑如镜，在黑夜中失去光辉。她轻轻一跃，几乎不见浪花翻卷，枪声此起彼落，衬托着雷电轰轰。

警察打开狭窄的牢笼，印第安人踉踉跄跄地走出来，户外阳光直射，眼睛不由自主地眯成一线。相较于以钢板搭建、被阳光晒成烤箱似的监牢，外面的空气竟让布拉维托觉得冷。长长的囚犯队伍开始出发穿过小镇，队伍两旁警察荷枪实弹。跟上次一样，黑人小孩跟着队伍跑闹，嘲笑他们，还朝他们扔石块。布拉维托望着这群囚犯，就这样看了好几个小时。这批囚犯还是平常的印第安醉鬼，都是警察从酒吧门前捡回来的。布拉维托在亚维萨的边境处被警察逮捕之后就被送到这里来，他真的累极了，竟一觉睡了好几个钟头，直到清晨才醒，醒来时发现四周全是醉鬼的呕吐秽物。也许他会被转到另一座监狱，甚至被送到科伊瓦岛上。不过后来警察叫他跟其他囚犯一起排队，劳动服务，割除营地周围的杂草，他才放下一颗悬吊的心。托尔警长既然跟走私贩有交情，说不定今天晚上就会放了他，跟其他囚犯一样。

布拉维托到达劳动服务的场地时，心又开始七上八下，因为警察发弯刀的时候独独漏了他。现在，他对周遭的情势开始提高警戒。囚犯们开始劳动，半蹲的身子隐没杂草丛中，规律地砍着前方的杂草。警察躲在树荫底下没有任何动静。四周除了刀刃撞击土地的单调旋律外，一片死寂，安静得令人提心吊胆。

此时，托尔警长朝布拉维托走过来。宽大的脸庞，赭红色的皮肤，闪耀着汗水。他的眼睛望着别处，却对着布拉维托说："你过来，那边有别的任务给你。"他迈开大步，布拉维托尾随在后。警长四平八稳地踢着正步，好像正参加游行。就这样一前一后，两人来到河边，邻近是一片柳橙园。警长招手示意他进入柳橙园。果树交织的阡陌小径上不见人影，只听见远远传来囚犯弯刀敲击土地的微弱声响。偶尔水面滑过一艘船，马达轰隆震天价响。他们走进柳橙园深处，托尔警长指着一棵柳橙树，以命令的口吻说："爬上去摘柳橙，然后丢下来。"布拉维托爬到树顶，上头，灿烂的阳光温暖地催促果实成熟。站在最高的枝干上，他可以眺望营区的建筑、医院，还有佝偻着身子卖力割草的印第安人。泥黄混浊的辽阔河面上，船只轻巧穿梭。警长在柳橙树底下来回踱步，嘴里叼着雪茄，布拉维托则忙着采柳橙然后往下扔。等柳橙摘光后，布拉维托爬下树。警长背对着他，布拉维托清楚地看到汗水湿透的制服衬衫贴着他壮硕的背。警长一直没有转身，忽然间，他说话了，语气极为焦躁，声调奇特地飙高："快走！快逃命！"布拉维托注意到他枪套里面的枪不见了，霎时明白自己的死期将至，就在此处，这座柳橙园就是他的葬身之地。警长带他到这里来就是为了杀他，所以他的声音才变得怪怪的，焦躁不安。他的心跳加速，心脏简直快要从嘴里跳出来了，头一阵晕眩。布拉维托没有选择逃跑，反而奋力冲撞大块头警长的双腿，警长重重地往后摔倒。若是好整以暇地站着，警长的枪法绝对能百发百中。但是，倒在地上，就另当别论了。布拉维托拼命地跑，绕着柳橙树蜿蜒穿梭，向前奔跑。身后一声枪响划破宁静。布拉维托纵身一跃，跳出果园的围篱，森林出现他的眼前。他毫不犹豫地钻进浓密的林子里，弯着腰一个劲往前跑，什么都没想，一心一意地往前冲，好像在追捕前面奔逃的鹿似的。太阳下山，他终于停止奔跑。布拉维托上气不接下气，全身虚脱。他挑了林子里一块地方，在一棵大树底下，躺在潮湿的泥土上，耳朵聆听夜晚的自然天籁，他的心逐渐恢复平静。

布拉维托赶回特雷斯博卡斯，他最后的救赎之地。他脑里想着窈窕修长、暗如魅影的妮娜临河顾盼的模样，那身影恍如水边捕食的水鸟。他们俩将在那里，森林的空地，造一间木屋，远离世间一切险恶。再没有人能伤害他们。

半夜起，布拉维托的脚步就没有停过，也没有回头张望。他知道自己已经摆脱警察的追捕了。托尔警长太高太壮穿不过浓密的林木。他们八成会开汽艇追赶，但是目前的水位非常低，他们至少要两三天才能抵达急流附近，那时候布拉维托早已经回到特雷斯博卡斯，带着妮娜和她的父母一起到森林避难，跟未开化的部落一样与世隔绝地生活。等风声过了之后，他们再潜进大西洋沿岸的阿坎迪，从那里搭船到哥伦比亚境内，去图尔沃，甚至干脆到卡塔赫纳，隐姓埋名重新开始。

布拉维托快步前进，显示出对森林了若指掌的印第安人特质。他双足赤裸，脱下衬衫绑在腰上，免得被树枝刮破。阳光在树梢跳跃，潮湿的泥土冒出蒸气飘向天际。布拉维托不敢明目张胆地沿着河岸走，怕被人发现。偶尔，他会靠近河水蜿蜒迂回之处倾听流水滔滔。然后再次躲入杳无人踪的森林里。

薄暮时分，他终于看到连绵的山丘，以及建构在河水上方的摩根家。山顶水源处的天空漆黑一片，闪电连续飞舞，豆大的雨点狂打叶片。布拉维托加速前行。他跑着奔上山丘，绕个大圈避开美国佬的房子。狂风阵阵。突然，妮娜父亲的房子出现在眼前。他确信走到这里已经没有任何危险了，于是大胆地沿着河边，取道走私贩的路线直奔上前。然而当他走近屋子时，屋内静悄悄的，让他顿时提高警觉。他停下脚步观察情势。倾盆大雨在他的眼前形成昏幽的雨幕，滔滔往河道倾泻。河水源头处雷鸣轰轰，震撼大地。雨水在布拉维托的脸上汇集成流，钻入他的嘴，流经他全身。他缓缓向前，五脏纠结，因为妮娜的家是空的。他背倚着树干架起来的灰黑墙面，直觉地感受到屋内流窜着某种杀戮、威胁的气息，心底冒起一股拔腿逃离这里的欲望。但是他极力勉强自己，坚定脚步向前，瞪大眼睛搜索空空的房子。

率先映入眼帘的是狗的尸体，躺在楼梯下，几乎可说是身首异处。他穿过屋子底下的木桩，脚整个没入烂泥巴里。他往那堆远远看过去像是破布的东西移动，好一会儿才认出那是妮娜的父母。他们被杀后，杀人犯一脚将他们踢下屋子，他们就一直躺在那里。印第安老妇人的长发盖住了大半张脸和干瘦的胸部，看不出致命的伤口在哪里。至于那个黑人浑身是弯刀砍的刀伤，伤口密密麻麻，躯干四周的血液凝固形成大片墨黑血迹，随着雨水渗入烂泥中。他的肌肤呈现诡谲的色泽，灰灰的，不像真的。布拉维托以前从来没见过死人，这是第一次。他蹲伏着瑟缩在屋子地板上，一动也不动地望着那两具躺在烂泥上的尸体。光线愈来愈暗，尸体的轮廓逐渐模糊。雨水淅沥，规律单调地打着屋顶，汇集流泻而下。远方水源处暴风雨嘶鸣吼叫。布拉维托静静地听着。

他慢慢地倒退走出屋子底下。恐惧、混乱仿佛迎面给了他一拳，将他击垮。他扯开湿透、紧贴肌肤的衣服，全身赤裸地接受冰冷雨水的洗礼，然后绕着房子跑，最后朝河边狂奔，一边大声呼喊妮娜的名字。不知怎么地，他竟然拣了之前妮娜急欲摆脱杀人魔时逃亡的小路。他跑到河岸边，停下脚步。雨继续敲打大地，雨水像是一盆盆泼洒下来似的，山上不时出现闪电，强烈的光焰将天空画成斑马线图案，道道白光仿佛从树林里爆裂开来，穿云入雾。三条小溪水位暴涨，潭水满溢，席卷黄泥和暴雨折断的树枝。布拉维托沿着河岸，睁大眼睛搜寻，依旧没有斩获。有几次，他停下脚步，心潮澎湃激动，他以为他看见了妮娜，就在河边上。要不然就是闪电将他自己的影子投射到树林间，布拉维托张开双臂，大声呼喊着跑过去，才发现是一场空。好几个小时就这样过去了，雨不断地下，阻断他的视线，他仍旧不放弃，沿着河岸四处搜寻，一直走到摩根家底下的湍流处。夜漆黑一片，只有闪电不时点亮周遭。仿佛全世界的男男女女都消失了，世界末日即将降临。布拉维托精疲力竭地靠着树干坐下，他的面前就是妮娜消失的水潭。他望着滚滚河水席卷泥土、枝叶，发出马达似的轰隆声响，一路奔流而下。

破晓前，雨势终于稍歇，布拉维托蜷曲着身子躲在树下睡觉，冷得发抖。等他醒来，他望着河面。原本偌大的河岸已经完全消失，溶进血红色的河水之中。太阳终于露脸，阳光投射水面，波光潋滟。蓝蓝晴空万里无云，显得特别澄明。

布拉维托沿着激流朝山上走，手里紧握弯刀，肩上背着收音机，耳朵塞着耳机。他在森林里漫无目的地走，已经走了好几天，除了收音机播放的节目外，其他什么都听不见。烈日烤焦他的脸庞，定定的眼神散发特异的光芒，令人不禁联想到那个印第安黑人混血儿垂死时的目光。布拉维托离开特雷斯博卡斯之后，又走了两天两夜，终于发现了走私贩的气味。他悄悄地穿过茂密枝叶靠近。那批黑人团坐在一块林间空地上，旁边一条小溪潺潺。布拉维托动也不动地等待着。不久，若昂站起来，想在睡觉前尿尿。他走到一丛灌木前。布拉维托偷偷地溜到他身边。他看着眼前的大个子，双腿张开站着，他甚至还闻得到尿液酸酸的味道。布拉维托加把劲紧捏手上尖尖的石块，使劲一敲，石块插进大个子的前额两眼正中央。若昂的身体晃了两下，双手忙着压紧伤口止血，然后砰的一声往后摔倒。布拉维托取出弯刀，无声无息地跳进走私贩中间，安静地砍，一张张脸，一副副喉咙，胸部还有肚子，无人幸免。空地血流成河，溪水在月色的照耀下变得乌黑。布拉维托一刀一个，割下每个走私贩的一根手指头，然后用藤条把手指头串起来，就像妮娜之前把捕来的鱼串成一串一样。布拉维托翻开走私贩的背包寻找食物、饼干和燕麦。就在那个混血儿旁边，他找到了自己离开前留给妮娜的收音机。他把收音机放进背带里，然后把耳机塞进耳朵里。

现在，他置身一片狭隘的溪谷里，脚下丝毫不见停缓。收音机播放的音乐敲打耳膜，充斥整片森林，甚至直逼阳光灿烂的天空。他上身赤裸，胸前手指串成的链子随着脚步节奏晃动，跟死鱼没两样，在烈日的炙烤之下，早已变得如一节节木头般暗沉。

他走进峡谷，山岭上，乌云遮住最高的峰顶，打着轰轰惊雷。溪水来得急，岩石一块接着一块灭顶，仿佛一级级的阶梯。接着，气温骤降，寒风在山谷盘旋。布拉维托大汗淋漓，心跳加速，但并不害怕。现在的他无惧死神降临。狂风骤雨取代收音机播放的音乐灌满他的耳朵。恐惧早已离弃他，放任大片空虚占据躯壳。现在，他的躯体再也感受不到痛苦和恨意。因此，他继续不断地踩着大步，丝毫没有减缓之势，急急往山顶水源处迈进。更往上，白云斜躺树梢，那里是一大片岩石平滩，四周耸立赭红岩石峭壁，高耸入云，看不见尽头。这就是溪谷的源头了。小股小股的湍急水柱从层层交叠的树林里涌出，泄入墨黑的大水潭里。岩石平滩的上空，仿佛泼墨渲染，滂沱的大雨已经占尽优势，强压树梢低头，一波波洪水掩盖了树林。布拉维托快速爬上悬崖，大雨开始敲打他全身，他在崖壁上发现了一个凹处，上方突出的岩石遮掩入口，看起来更像是洞窟。

突然，暴风雨发威，魔幻般骇人。闪电劈过山顶，划破漆黑的天空，激起流水波涛，耀眼的光剑穿刺密不透风的水幕。雨水从山坡森林大股涌出，每一面崖壁都是滔滔涌泉。水潭瞬间爆满，泥浆似的潭水淹上岸，灌满布拉维托刚刚经过的溪谷。布拉维托蜷缩着躲在简陋的避难所，望着外面电光闪闪，听着洪水汹涌。可是他已经没什么好怕了。他安全地躲在雨水的势力范围之外，闪电雷鸣也无法伤害他。他怔怔地看着周遭，他已经来到传说中野火鸡的国度，它的身体跟现在的天幕一般黑，头顶的鸡冠如闪电火焰冲天，仿佛在山巅天际随着鼓声般的雷鸣节奏翩翩舞出动人的孔雀舞。

警察终于赶到特雷斯博卡斯。连日来的滂沱大雨，河水水位蹿升，九五马力的马达厉声催促下，快艇穿过湍急的河水逆流而上。托尔警长下令在妮娜以前捕鱼的河岸扎营。他和他的手下四处搜索，终于发现了妮娜家，以及妮娜父母的遗骸，屋子在暴雨的蹂躏下已经半毁。他们连忙将尸体掩埋，腐败的尸臭气味熏天，他们不得不蒙上口鼻。埋葬地点没有竖立任何足供日后辨识的记号。托尔说："印第安人无论生或死都跟野兽没有两样。"他们死了，有谁会在乎？他发了一封无线电报，将这两人的谋杀案归咎到布拉维托头上，他称呼布拉维托为"逃犯"。有个年轻人回到山上像野人一般生活的传奇早已传遍河的上下流域，警察营区访客络绎不绝，有外出狩猎的印第安人，也有住在下游城镇的黑人。他们争相叙述恍如天方夜谭的故事，有人说曾经看到过他，全身赤裸，身上漆着五彩颜色，靠着一台插有耳机的收音机，联络未开化的野人部落，路上见人就杀。有人甚至还说他可以对蛇群和森林的野兽发号施令。托尔警长漫不经心地听着这些人口沫横飞的报告，厚实的脸部肌肉线条丝毫没有牵动。他只是耸耸肩，躺进吊床摇呀晃啊，享受下雨前的午后清凉。“三姑六婆的小道流言，”他嗤之以鼻，顺手点了根烟。逃犯没有同伙，他躲在森林里，那里是他的地盘，他在森林里行动的速度跟野生动物一样迅速。不过饥饿会让他恢复理智，要不了多久他就会想要下山潜进村庄，甚至营地，偷食物。一旦发现他的踪迹，警长将调集所有人马，配备连发的机关枪，守株待兔，这场狩猎精彩可期。

接下来的几天，雨终于停了，河水水位回稳，水也重见清澈。在特雷斯博卡斯扎营的警察开始感到不耐烦。虽说是三姑六婆的小道流言，却也逐步地展现影响力，各种想象天马行空。有人说那些野人部落正在整顿军力，准备大举进攻。上山的猎人曾听见战鼓咚咚，远远的，从山巅水源地传来。接着旅人发现了走私贩陈尸边境的山岭。单凭一人之力不可能杀光这群走私贩，更何况走私贩每个人身上都有武器。据说尸体惨遭千刀万剐，右手的一只手指头还被剁下。这些传闻的确耐人寻味。托尔警长人依旧躺在吊床上来回轻摇，吞吐雪茄，然而淡淡的忧虑已经袭上他的心头，在他壮硕的身躯上划出一道口子。

夕阳西下，一阵强有力的马达呼啸，引起警察营地里所有人的注意。在手电筒灯光的指引下，一艘快艇在特雷斯博卡斯靠岸。两个人走下船，大步走进营地。警察举枪戒备，托尔警长认出了那个美国佬的肥大身影，是摩根，旁边还有个老人家，是瑞士裔的舍林。他们走到托尔警长的吊床前面，找块石头坐下，点燃香烟。摩根的英文带着浓浓的口音，不时停顿搜索词汇，舍林在一旁帮忙。他先说几句天气热啊、下大雨等等的开场白，话锋一转开始抱怨印第安人不肯滚蛋让出土地给他。他需要大片的土地才够建造直升机起降用的跑道，以及用于堆放器具。他得叫人送一台大型高压抽水机，清理河里的淤泥，但是印第安人就是不肯迁移。他的一切计划全都可能会付诸流水。托尔警长一边听着，一边继续摇晃吊床，他的脸上既没有反对也没有训斥的神情。每个人对摩根所谓的金矿探勘是怎么一回事都心里有数。事实上，摩根是从中美洲走私早在哥伦布发现新大陆时就已经存在的古神祇雕像①。据说，他把修筑马路工地上发现的一些古代的小玩意和从奇里基②挖掘出来的金蛙转卖给美国政府而赚了大把钞票。他现在会出现在这个鸟不生蛋的地方，肯定是要把河床污泥整个挖空。夜幕低垂，摩根滔滔不绝，舍林在一旁翻译，托尔警长不时燃起一根香烟，当做无声的回答。

“您听说过有个峡谷，崖壁上画了一只野火鸡的传闻吗?”摩根问。托尔思索了一会儿，然后摇摇头：“没有，这地方在哪儿?”“离这里不远，一条小溪的源头，往北，往山上走。”摩根说明。“您可知道这野火鸡的传闻是怎么来的吗?”舍林问。托尔警长耸耸肩。他不知道。怎么可能有办法知道整座森林每条小溪的传闻来历?“根据印第安人的说法，在那峡谷的源头，踏进峡谷后，可以看到一个小河湾，就在那边的山壁上，有一幅巨大的画，画着一只黑黄相间的野火鸡。他们说这只火鸡是魔鬼画的。”托尔警长再次耸耸肩，“您呢? 您看到过这只野火鸡吗?”舍林不语。短暂的沉默之后，美国佬发话了：“您要找的人就躲在那里。”托尔警长停止摆

① huaca，印加语，泛指印第安人崇拜的各种自然天神，如山川、岩石、树木等神仙。
② Chiriqui，巴拿马第三大省，濒临太平洋，农产丰富，山高水急，适合泛舟活动。

动吊床，他挺直身子问：“您怎么知道？”“我的一个手下跟踪过他。他试着破急流往上爬，但天气实在太糟，他只好半路折回。不过他一定是藏在那里。”摩根霍然起立，舍林也跟着站起来，“如果我是您，一定马上去抓他，决不拖延。放他那样的危险人物在外面四处跑实在太危险了。”警长打开手电筒，直接照着美国佬的脸。摩根眯起眼睛愤怒地喊：“别这样照！”警长跳下吊床，陪同两位访客走回快艇，船上有个印第安人守着。“等等。有样东西给你们瞧瞧。”他说。他自船上拿了一把枪递给警长。就着手上的灯光，托尔仔细检查那把火器：“这是把双枪管的枪，而且相叠的两只枪管口径大小不同。”“口径二二的是用来练习的，三〇则是杀人用的。”摩根笑着说。他又补了一句：“用这个，我可以杀光您的走私贩，那只野火鸡当然也不例外！”他们走上船，印第安人发动了马达。舍林站在船首，一只手撑着篙，另一只手拿手电筒。警长放大音量，只回了一句：“明天，我们就展开追捕行动。”快艇滑进湍急的河道，漂浮在漆黑水面上，平坦光洁的水面像一条宽广的林中大道。托尔警长慢慢踱回吊床旁，躺下，然后拍打蚊帐。水边，树林里，安静无声。在溪流的源头，山巅上，闪电静悄悄地飞舞。他笨拙地从衬衫口袋里掏出一只小盒子，打开盒盖，用他那像汤匙一样长的小指指甲挑出一点珍藏的粉末，然后小心翼翼地盖上盒盖，锋利的长指甲将粉末带到鼻孔下方。他慢慢地吸气，忘情地将头往后仰，静静地等待黎明破晓。

自从入夜开始下雨后，布拉维托一直栖身在野火鸡悬崖上。对他而言，时间已经完全停滞。白天，太阳爬升跃过树梢，烈日炙烤大地，溪边的岩石被烤得发烫。然后，一旦太阳落入地平面，彤云便结集山巅，天幕逐渐变暗，最后伸手不见五指。现在，布拉维托已经不怕打雷闪电了。每当冰冷的雨水敲打地面时，他快步回到他的洞穴庇护所，躲在峭壁底下，听着雷劈石破天惊，洪水汹涌咆哮。

有时候闪电就在他眼前划过，大树应声倒下，起火燃烧，有的树则硬生生地被暴风拦腰卷走。大雨如瀑布，席卷一切。当布拉维托冷得受不了时，就钻进干的树叶堆里，安静地待在洞穴中。他已经好久不识火的温暖滋味了。罐头，燕麦，他从走私贩那边偷来的全部食物早已吃光，全身上下只剩收音机和那副耳机。他不用的时候，便把收音机藏在洞穴的深处，用干树叶盖住。夜晚，他把耳机塞进耳朵，时而自言自语，时而哼哼歌，不至于忘了音乐是什么。

最令他痛苦的是饥饿。为了生存，布拉维托丢石头捉小鸟，或捕捞躲在溪底岩石凹洞内的鲶鱼，抓到的猎物，一律生吃。森林里偶尔能找到野生的浆果、野樱桃、人心果和椰枣，他全部囫囵吞下肚。有时候，实在饿得受不了了，还啃杂草，吞泥巴。他经常爬上峡谷的高处，站在岩石上，胸前挂着那串手指头，机警地窥伺入口，看看是否有人闯入。然而，打从暴风雨把警察的人马连人带船、以惊人的速度刮到峡谷下方，连美国佬摩根的那支双管手枪都被泥黄的河水卷得不知去向后，再没有人胆敢在这里出没。

每天，同一时间，布拉维托都会觉得自己全身滚烫，慢慢地，全身颤抖，心跳加快。阳光毒辣，他只得在地面上拼命挖洞，但是过不了多久，夕阳西下，夜色洒遍大地，寒冷便覆盖整座峡谷。

布拉维托躲在洞窟内，望着天上积云层叠，喷出电光闪闪，震撼大地。闪电在漆黑的天幕尽情挥洒魔幻作品：马、蛇、冒火的树，偶尔水潭黑漆漆的水面上有火焰飞舞，那是死者的亡灵。水潭为他拦截急流、减缓水势，只为他一人，让他得以穿过狂飙的雨幕，踏进另一个国度的入口。

现在，一切都变得可能。布拉维托冷得打颤，卡在穷山凹洞里，他瞪大眼睛四下张望，眼前是大片的岩石平滩以及雨水泛滥的大水塘，他等待着，等待妮娜拿着鱼叉的苗条黝黑身影从恶水中蹿出。就是要等到雨势够强、雷电交加的当儿，妮娜才会出现。到时候，也许那只黄黑相间的大鸟将昂然矗立山头，在四周雷电的烘托之下，目光定定锁住布拉维托和妮娜，接着山崩地裂，新世界诞生了，不再有饥饿，不再有死亡。

每天早晨，太阳高悬纯净晴朗的天空。在昨夜的雨水洗礼下，叶面泛着莹莹水光。溪水平静下来，布拉维托走到溪边准备渔猎。

一天早上，他目不转睛地盯着一条鱼的藏身之所，身旁传来窸窣声响，吓了他一跳。同时，他也感应到一股威猛慑人的气息。一头黑豹停在他身边喝水，双眼瞪着他。黑豹清澄的眼睛定定地注视着他。布拉维托可以看到黑豹身上的每一根毛在阳光底下闪烁，还清楚地看到黑豹呼吸时侧面腹部肌肉的动作，瞳孔颜色不停变换，长长的尾巴急促摆动，透露出这头野兽的迫不及待。然而布拉维托并不觉得害怕。黑豹双眼直直盯着他的眼，良久良久，然后转头继续喝水，布拉维托听得到它厚实的舌头来回拍打水面的规律声音。布拉维托的心脏几乎快要跳出胸腔。然而使他心跳加快的并不是对黑豹的恐惧，而是它的美，美得不可方物。在这个失落的峡谷，这个新国度里，恐惧并不存在。黑豹如帝王般昂首下山喝水。布拉维托四下搜寻妮娜的踪影。他想要让她看，想要告诉她。妮娜终将停止逃亡，终将回来。布拉维托的目光再次转向溪面，黑豹已经消失踪影。它离去的脚步如此轻盈，布拉维托完全没发觉。只在溪边潮湿的土地上，留下一排如花朵般的印记，也是杀戮的利爪的记号。

黑豹出现的那一天起，布拉维托脱胎换骨完全变了一个人。他拿下挂在胸前的手指，也不再碰收音机。他只是静静地坐在溪边等，等黑豹回来，就像以前他等妮娜出现一样。黑豹和妮娜有着一样苗条的身影，同样的肤色，当妮娜自深潭底下如鲤鱼跃门破出水面时，全身闪耀水光。特别是他们有着一模一样的眼神。布拉维托眼眸深处，仿佛还存留那对清亮的瞳仁射出的光芒，依旧灵闪震撼，仿佛贯穿了他全身，改造了他的灵魂。有时候，滂沱大雨中，他依稀觉得河边停驻着一抹黑影。是妮娜，还是黑豹？他已经不再强索答案。白天，他跟着黑豹行经的路线，穿过垒垒岩堆及荒烟蔓草，进出森林。倘若眼睛已搜寻不到任何线索，他便跪倒，脸贴大地，细细地闻，直到他重新嗅出气味为止。接着暴风雨骤起，布拉维托快步跑回溪岸的藏身之处。现在，高烧已经完全痊愈了。那是某天布拉维托在森林里追踪黑豹的形迹时，他看见一棵树的树干底部有利齿撕咬的痕迹，他也跟着咬下苦苦的树皮咀嚼，自此高烧完全退去。是那只黑豹指引他找到这棵树，布拉维托对此丝毫不觉怀疑意外。这里是另一个世界，是远在罪恶灾难降临大地之前的世界，动物知晓言语懂得交谈的世界。

另一回，茂密丛林传来巨大的声响。一群美洲野猪从森林深处冲出来，和布拉维托比肩擦过，未伤其分毫。它们仅仅看了看他，然后发出尖锐的叫嚣绝尘而去，不一会儿完全消失踪影。布拉维托知道它们钻进地底，回到它们安居的秘密国度。

现在布拉维托放弃打猎了，不杀鹿也不射鸟。他从淡水潭里捕到的鱼或虾，他总会留一份在溪边那块扁平的岩石上，那是黑豹曾驻足喝水的地点。到了夜里，雨开始下，他听见黑豹的脚步声。认真说起来，算不上脚步声，倒不如说是万籁俱寂中，一道声波缓缓游移。布拉维托很想再一次大声呼喊：“妮娜！妮娜！”但是他不敢，因为他很清楚他若这么做，一切就结束了。旭日东升，他走到溪边，检查泥地上的足印，四只脚爪像花朵绽放，而摆在岩石上面的贡品已经不知去向。

没有人胆敢再靠近这里。现在，有个男人回归蛮荒世界、住在狂雷骤雨庇护下的偏荒峡谷的传说，沿着河流两岸，散布到亚维萨，无人不知，无人不晓。大伙传诵：托尔警长和他的手下，以及那个美国佬一度想要闯入峡谷，就在那当儿，天空像泼了墨汁似的漆黑一片，犹如黑夜陡降，溪水跟着瞬间暴涨，黄泥色的波涛汹涌。已经没有人记得那个野人叫什么名字，也没有人记得他的模样。更有传言说，这人偶尔会下山到河下游，甚至城镇里，他换上被他杀害的人的衣服，把胸前挂的手指头塞进衬衫底下，所以没有人能认出是他。他进城里，进酒吧喝酒，探听警察的行动，破坏他们的计划。

各种传言甚嚣尘上，例如有些女人说碰巧瞥见他胸前挂着的手指头而认出他。甚至还传说他会在通往河边的路上埋伏，等待前往上厕所的年轻女孩，然后绑架她们带进森林里。他胸前手指头的数目逐日累积，现在他已经收集了好几串了，长短不一。一到夜里，人们私底下谈论的尽是这个野人。黑人聚居的镇上，更有人说逃犯已经集结了许多未开化的印第安人，靠着收音机远距离遥控他的部队，总有一天他的大军将沿河而下，杀光所有曾经得罪过他的人。他们绝不会放过警察，还有那个美国佬摩根，因为他为了替自己的直升机建造起降机坪，驱逐印第安人离开自己的土地。

山上也很久没有见到走私贩出没了，有关野人的传闻跨出了国界。

特雷斯博卡斯的警察营地中，托尔警长专心听着摩根说话。舍林从一开始就一直跟着他，与其说是为了钱，倒不如说是内心那股看好戏的好奇心作祟，让他迟迟不想离开这个地方。“他是个危险的疯子！”摩根说，“他把这里搞得天翻地覆。”“他独自一人对他原本所属的人类世界宣战。”舍林说。摩根暂时停住话匣子，等待托尔警长的响应。但是托尔警长那张大脸上只有不耐烦和冷漠。“除非调集一整团的军队来，这听起来很可笑，但是不这样做您是无法完成任务的，”摩根进一步说明，“要找个人跟他谈，跟他讲道理，说服他立刻投降归案。”他转头望着舍林，“派您去如何，您不是很了解他吗？”舍林咧嘴无声地笑笑：“我不去，我还想保住我的手指头哩！”他紧接着说，“这个人最好是印第安人。印第安人知道很多我们不晓得的事。如果派个印第安人过去跟他说，说不定他会听得进去，乖乖地下山归案。”托尔警长稍微抬高平躺在吊床里的身子，悬挂吊绳的树枝受力而嘎吱作响：“您有适当的人选？”“也许。”舍林回答，特克莱羸弱细瘦的身影浮现他的脑海。印第安人昵称特克莱为“伯父”，因为每一个印第安人总有一天会到他面前征询他的忠告或是请求治病。布拉维托初到这里时，高烧不退，也多亏了他才痊愈。美国佬当初为了建造那该死的直升机起降坪，驱逐印第安人离开家园时，舍林第一个拜访的人就是他。面对着家园即将遭到摧毁而愤怒不已的印第安民众，特克莱说：“你们这般义愤填膺到底是在气什么？难道是为了土地？说真的，这片土地难道是属于你们的？这世上所有的一切难道不是上天借给我们的吗？”一席话说得大多数的印第安人羞赧地低下头，沉默不语，他们同意搬迁。

几个小时之后，舍林和摩根人已经到了特克莱的家门口。特克莱的茅草屋位于河的对岸，距离其他印第安人颇有一段距离。两个人毫不在意鞋底沾上烂泥，走上特克莱的茅屋。年长的巫师端坐在屋内的一张圆板凳上，两眼直直望着河面。他的妻子则半蹲着在屋子中央扇着炉火。老者向访客致上欢迎之意。摩根迫不及待，开门见山地把此行的目的一古脑全说了，随即问老者是否愿意和这名逃犯谈谈。他还允诺事成之后酬金不会少。特克莱摇摇头："凭什么他会比较愿意听我的话？据说他已经完全失去人性，发狂变得如野兽一样。""如果你不出面，"舍林在旁加上一句，"到最后警察被迫上山，他将难逃一死。"特克莱想了想："我要跟他说什么呢?"舍林点上一根烟递给老者："请告诉他，叫他下山投案，没有什么好怕的。"特克莱再度摇头："现在，他根本什么都不怕。是你们怕他。他才不会相信这些说辞。我去了只是白白送死罢了。"他转头，目光回到河面上。舍林和摩根只好离开。香烟夹在特克莱的两根手指间，兀自燃烧。

托尔警长在特雷斯博卡斯的营地等候摩根回来，一直到夕阳下山都没看见人影。眼看着夜色将洒遍大地，他回到吊床旁，叹了口气躺下。没有人愿意去跟那个逃犯谈。暮色中，警长掏出那只小巧的金属盒，里面的东西几乎已经挖空了。他伸出小指头那片超乎寻常的长指甲，挑起一小撮粉末，一口气吸入鼻腔。现在，他平静下来了，一切变得如此显而易见，如此简单。登上山巅源头的人选舍他其谁。

这是这几个月来第一个没有下雨的夜晚，托尔警长无法成眠。长夜漫漫，他躺在吊床上，蚊帐翻开，眼里映着星光灿烂的夜空，耳里蛙鸣鼓噪回荡。甚至，有那么一瞬间，他感觉有头黑豹在营地附近徘徊，慢慢地来回，然而他再怎么极目搜寻还是没能看见。天蒙蒙亮，托尔警长起身整装待发。他扣上皮带，套好手枪，穿上皮革原色的厚重皮靴。营地的人看着他，没有人出声。他们都知道警长刚刚被撤销职务，一旦新任的指挥官抵达，他将遭到逮捕。然而，托尔警长离开时，却没有任何人试图阻挡他。

托尔警长顶着烈日吃力地沿着眼下几近干涸的河床走，翻越阻断去路的岩石，身上的衣服被汗水湿透，脖子上血管青筋暴露。偶尔，他停下脚步喘口气。他觉得他的呼吸声和心跳声充斥整片狭隘的溪谷，回荡不散，直直飘到水的最源头。他不明白为什么他得一个人孤独地走进这座峡谷，去面对逃犯。他依稀觉得这一切曾经出现在他的梦中，现在，梦境竟然成真。

他抵达湍流山头，脚底下一片白色岩石平滩，更远处大片黑暗峭壁映入眼帘。他静静地等了相当长的一段时间，希望逃犯能自己现身。然而他等到的仍是一片死寂、荒芜。蔚蓝晴空，万里无云，太阳开始没入群山万壑之中。

托尔警长稳稳地穿过大片平坦的岩石滩，终于来到溪流的源头，那处墨黑的水潭。他的脚步声在崖壁间震荡，形成诡异的回响。托尔警长抬起头，望着高耸入云的崖壁，大批雁鸟绕着其间的凹洞飞行。天空的正中央，两只秃鹰不断回旋。然而，地面上，没有任何声响，不见任何生物。

警长继续前进，阳光刺目，他不由得眯起眼睛。壮硕的身躯踉踉跄跄，踏着奇特的步伐离开岩石滩。就这样他终于走到了水潭边，踏上布拉维托第一次遇见黑豹的岩石。他就坐在那里，静静等待。他的头顶着纯净的天，天空像令人目眩的深渊发射金光，洒遍这条仿佛具有生命的峡谷。有好几次，托尔警长觉得自己瞥见了逃犯的身影，在垒垒石堆间跳跃。天空投射的金光仿佛混杂着某种逼人的目光，压迫着他，那绝对不是人类能射出的目光，而是来自一头野兽，它悄悄的，动也不动，在一旁窥伺。尽管如此，托尔警长并不感到害怕。这一切都是梦，仿佛这一切超脱了现实。烈日灼热，万籁俱寂，那头野兽缓缓地踩着步伐。岩石底下的阴影逐渐扩大，水潭变得漆黑、深不可测。雁鸟开始往下低空飞行，寻找昆虫果腹。它们尖锐凄厉的叫声，羽翼挥舞摩擦的声音，声声钻进警长的耳膜。

警长高高站在岩石之上，观察周遭的地形。夕阳余晖照映下，赭红色的崖壁更显高耸，而茂密的林木在高原四周形成一道无法穿越的高墙。托尔心里很清楚，逃犯就躲在那儿，只有咫尺之遥。他猜想逃犯八成躲在茂密的林木后面，要不然就是藏在靠近水源处的岩洞里。他大声呼喊了几次，由于不知道逃犯的名字，他发出如动物叫唤同类的声音："啊——呜——"峡谷产生了共鸣，余音缭绕。他想着逃犯高高踏在一块岩石之上，手中握着弯刀，胸前成串的手指晃荡。他不怕他。从他决心上山的那一刻起，托尔警长的内心便涌出一股万夫莫敌的力量。他已经不再憎恨这个男人。这个男人离群索居，只有静寂的峡谷为伴。他只想和他谈谈，跟他说几句藏在心里的话，就算他无法完全明白也无所谓。

"你叫什么名字？"托尔警长终于问了。他无法肯定逃犯是否听得见，但是他一定要说，一定要在静寂的峡谷里，在这落日即将整个被吞没的时刻，对他说心里的话。

"你叫什么名字？我认得你，可是不知道你叫什么。你还记得我吗？在山下的时候，橘子园里，我曾经想要杀你。现在，我上山来，想跟你谈一谈。你想起来了吗？你听到了吗？"

山顶着天，苍白的天空纯净无瑕，连朵云都看不到，对照之下，这岩石荒原、峭壁，甚至整片大地显得如此渺小。此时此刻天地一片安静祥和，透着一阵颤抖，哆嗦或是寒颤，反正有事发生了，万物仿佛定住动弹不得。托尔警长全身上下都感受到了这股寒颤，然而他无法动弹。

"你还记得我吗？你有没有听到我说的话？之前我想杀你，追了你好几天，现在我来到这里想跟你谈谈。"

原来是这一句句问话让人颤抖。布拉维托已经好久好久没有听见人说话了。这些字句个个像龙卷风，像大洪水，席卷、挤压、进逼双眼双耳，强迫嘴和嘴里的舌头发声。托尔警长没看见他，兀自一字一句继续慢慢地说，到最后连他自己都搞不清到底这些字句代表什么意义。言语恍惚源自他方，飘进他的嘴里再播放出去。字字句句像是从这片白色的岩堆、高耸的崖壁、茂密的森林、不断奔泻注入大地的湍流间迸出来的。托尔警长这辈子从来没有像这样说过话，甚至在梦里也不曾。

“我老早就想找你谈一谈了。”声音低得像在自言自语，“打从你逃到森林躲避搜捕开始，我就想来见你，但是我不敢。我害怕，我怕你，怕你这个逃犯，还有这片恶水充斥、暴风雨环绕的恶魔峡谷，更别提这些个传遍大街小巷的耸动传说了，送祭的女孩，野火鸡的画像之类的。我想来，但是我不知道要跟你说什么。现在，你看，我来了……”

布拉维托藏身岩石后头，听着那声音。他已经松开手中紧握的尖锐石头。他原本打算用它杀死警长。他的耳朵塞着耳机，但是耳机并没有插在收音机上。耳机线垂挂肩头，夹杂在一丛凌乱的长发之间。胸前的手指项链随着呼吸起伏。他往前更靠近入侵者。来人依旧沿着湍急的水潭踱步一边继续喊话。他们距离很近，布拉维托只要用力丢，石头便能敲破他的头，或者打裂他的膝盖。

“在这里，如果你想，你可以轻而易举地杀了我。”那声音继续传送，“也许是我先一步拿手枪毙了你也说不定。或许这才是我来这里的真正目的，杀你。下面很多人认为我到这里来是为了杀你，但是他们搞错了，我不是为了杀你才上山的。现在，我人在这里，这里只有我一个人面对你，但是我并不感到害怕。这是我这辈子第一次感到无所畏惧。逃犯，你听到了吗？我已经不怕了，我自由了，我自由了！”

布拉维托躲在暗影当中，注视着托尔警长的脸，定定地望着那张大脸下方两片嘴唇嚅动，他张开自己的双唇想要模仿他说话的动作。也许，他在向人们想象中的大军下达命令，叫唤来自另一个世界的野猪军团出动，抑或呼唤猛禽飞出巢穴，蛇群出洞，甚至下令蜜蜂和蚊蝇大举出击。又或者他在叫唤黑豹，那天夜里出现的黑豹，那头无声的踏在他藏身的秘密路径上、如风轻拂而过的黑豹。

“你应该跟我一起走。”托尔的声音传送着低不可闻的字句，“你必须回去。现在，一切都结束了，你看连我都上来找你了。你一个人赤手空拳要怎么打仗。你不能对全人类开战啊。我来这里就是要告诉你这些，要你跟我一起回去。如果你跟我回去，我向你保证绝对不会有杀戮，正义一定会得到伸张。大家都不用生活在恐惧之中了。你将脱胎换骨，一切将如这里一样，像是人间仙境。没有人吃不饱，妇女不会在孩子呱呱落地的那一刹那亲手杀死亲生子，男人也不再互相残杀。逃犯，你听见我说的话了吗？我知道你在这里，你在听我说话。你一定要跟我走，你一定要回到河边。人再也不会感到害怕，人间不再有痛苦。我会帮助你，拯救你。”

岩石平滩的夜来得急。托尔警长本能地朝悬崖前进，寻找过夜的地方。他最后在山崖脚下的石块上躺下，距离布拉维托藏身的石穴并不远。他躺在那里，点燃一根香烟，仰望满天星斗。他从来没发觉夜空竟然是这么的美。虽然夜色漆黑，岩块和峭壁的轮廓还是依稀可见，溪面波光闪烁。警长仍继续说，低低地，慢慢地，斟酌着字眼，因为说出去的话字字都是回忆。说话的人不是他，是他内心的另一股声音，用字句、言语唤醒过去的记忆。记忆来自时空的另一端，也许来自世界的另一头，穿越时空见证许多罪恶、战乱，终于进入这峡谷源头的溪岸，时间停滞的国度。布拉维托隐身夜幕之中，偷听警长说话，他可以感受到一字一句正穿透他的身躯。愤怒瞬间点亮他的双眼，掌心的尖锐石头捏得更紧。接着他扯下耳里的耳机。他的双唇颤抖，脖子的肌肉因过分紧绷而酸痛。他一声不响地离开，不愿再听。

阳光再度照耀石滩，托尔警长已经上路。他迈着沉重的步伐，顺着峡谷往下走，人影愈变愈小。不需要回头确认，他知道逃犯跟在他身后。布拉维托灵巧地在石堆中跳跃前进，跟着警长的身影，那些字句绑住了他。在暴雨冲刷下形成的狭隘山径上，溪水湍急，回音隆隆。布拉维托踩着天然石阶下山，收音机紧紧拴在身上，胸前的手指头串随着步伐摆荡。他想要听这个陌生人说话，那温柔熟悉的语调在他的耳中袅绕，久久不散。现在，有更多的字句、名称陆续走出尘封的心，仿佛这些字句名字沉淀在他心的最底层，沉沉地睡着，不速之客的叫喊将它们一一唤醒。心脏在胸腔内激动得怦怦跳。

他们俩一走出峡谷小径，托尔警长随即察觉四周岩石背后有军警埋伏，枪上了膛，瞄准着他。他停下脚步，莫名其妙地望着他们。接着他转身，看见布拉维托挺立峡谷中央，阳光洒满全身。灿烂的阳光放大了他黝黑的身躯，照亮他的长发，胸前的手指串像魔法胸甲轻轻摆动。布拉维托也定定地望着他，他的目光好比一根细线，眼看即将断裂。逃犯的喉头卡着一个名字急急寻找出口，两个音节，像是："妮娜。"然而他不了解这名字代表什么含义。托尔警长停在他的下面，站在一块岩石上，眼神涣散却怔怔不动。布拉维托双膝往外，双脚弯曲，两手大大张开，往前走到石阶边上，早晨的阳光在他的头发和肩膀上绽放。有那么一瞬间，他以为他可以刀枪不入，穿入体内的子弹伤不了他，然而他往后摔倒，整个人滚落石滩。执行狙击计划的副警长和几个手下爬上岩石。他举起弯刀割下布拉维托胸前的手指串，举到眼前好奇地审视，然后塞进腰带里。另一个警察扯下收音机，转动开关。“全坏了！里面连电池都没装！”他随手一扔，收音机撞上急流中的石块，散成碎片。一小群人快速走向狭隘的峡谷，将步履蹒跚的托尔警长团团围住。山巅乌云开始密布，雷鸣轰轰由远及近。

回到特雷斯博卡斯，副警长下令尽快撤营离开。所有的设备都卸到船上后，豆大的雨滴开始打下。大伙顺流急下，沿着长长的河道航行。托尔警长呆呆地坐在船中央，头上没有任何遮蔽物，手上铐着手铐，脸上浮现和往常一样的冷漠与不耐烦。他乖乖地接受命运的安排，前往他的目的地——监狱，也许是精神疗养院。河下游，山脚下，船行经埃尔维拉的住处，摩根的手下已经动手拆她的房子了。美国佬和舍林站在直升机起降坪的预定地眺望河面。舍林差一点想要挥手向他致意，但随即想到托尔警长已经被撤职遭到逮捕，便硬生生把举到一半的手缩了回来。河的对岸，印第安人已经在特克莱的住家附近重建家园。他们停止手边的工作看着搭船离去的警察，马达噪音震耳欲聋。男人欢欣鼓舞地叫喊，笑着指手画脚。当晚，待村落完成，将举行一场盛大的庆典，狂欢畅饮三天三夜。孩子们全身赤裸，冒雨沿着河岸追逐。没有人注意到，河边一位妇女如泣如诉的高亢歌声正哀叹着永无止境的孤独。

一九八五年九月，写于哈科纳

图书在版编目(CIP)数据

偶遇/(法)勒克莱齐奥(Le Clézio，J. M. G.)著；
蓝汉杰，蔡孟贞译. —上海：上海译文出版社，2012. 4(2023. 7 重印)
ISBN 978-7-5327-5549-3

Ⅰ. 偶… Ⅱ. ①勒…②蓝…③蔡… Ⅲ. 小说集—
法国—现代 Ⅳ. I565. 45

中国版本图书馆 CIP 数据核字(2011)第 165071 号

JEAN-MARIE GUSTAVE LE CLÉZIO
Hasard
suivi d' Angoli Mala

本书根据伽里玛出版社1999年法文版译出

图字：09-2009-497 号

偶遇
Hasard
suivi d' Angoli Mala

J. M. G. LE CLÉZIO
让-马·居·勒克莱齐奥 著
蓝汉杰 蔡孟贞 译

出版统筹 赵武平
责任编辑 周 冉
装帧设计 杨林青

上海译文出版社有限公司出版、发行
网址：www. yiwen. com. cn
201101 上海市闵行区号景路 159 弄 B 座
苏州市越洋印刷有限公司印刷

开本 890×1240 1/32 印张 7. 75 插页 2 字数 127,000
2012 年 4 月第 1 版 2023 年 7 月第 2 次印刷

ISBN 978-7-5327-5549-3/I·3255
定价：58. 00 元